JLPT

N3

文法篇

單字篇

日檢

N3 この一冊で合格！

單字 ＋ 文法

一本搞定

國家圖書館出版品預行編目資料

日檢單字+文法一本搞定N3(QR) ／ 雅典日研所企編.
　　-- 二版. -- 新北市：雅典文化, 民113.08
　　面；　公分. --（日語大師；20）
　　ISBN 978-626-7245-47-7（平裝）

1. CST: 日語 2. CST: 詞彙 3. CST: 語法 4. CST: 能力測驗
　　803.189　　　　　　　　　　　113004004

日語大師 20

日檢單字+文法一本搞定N3(QR)

企　　編／雅典日研所
責任編輯／張文慧
內文排版／鄭孝儀
封面設計／林鈺恆

法律顧問：方圓法律事務所／涂成樞律師

總經銷：永續圖書有限公司
永續圖書線上購物網
www.foreverbooks.com.tw

掃描填回函
好書隨時抽

出版日／2024年08月

雅典文化

出版社

22103　　新北市汐止區大同路三段194號9樓之1
TEL　　（02）8647-3663
FAX　　（02）8647-3660

50音基本發音表

 ●track 002

清音

a ㄚ		i 一		u ㄨ		e ㄝ		o ㄡ	
あ	ア	い	イ	う	ウ	え	エ	お	オ
ka ㄎㄚ		ki ㄎ一		ku ㄎㄨ		ke ㄎㄝ		ko ㄎㄡ	
か	カ	き	キ	く	ク	け	ケ	こ	コ
sa ㄙㄚ		shi ㄒ		su ㄙㄨ		se ㄙㄝ		so ㄙㄡ	
さ	サ	し	シ	す	ス	せ	セ	そ	ソ
ta ㄊㄚ		chi ㄑ一		tsu ㄘ		te ㄊㄝ		to ㄊㄡ	
た	タ	ち	チ	つ	ツ	て	テ	と	ト
na ㄋㄚ		ni ㄋ一		nu ㄋㄨ		ne ㄋㄝ		no ㄋㄡ	
な	ナ	に	ニ	ぬ	ヌ	ね	ネ	の	ノ
ha ㄏㄚ		hi ㄏ一		fu ㄈㄨ		he ㄏㄝ		ho ㄏㄡ	
は	ハ	ひ	ヒ	ふ	フ	へ	ヘ	ほ	ホ
ma ㄇㄚ		mi ㄇ一		mu ㄇㄨ		me ㄇㄝ		mo ㄇㄡ	
ま	マ	み	ミ	む	ム	め	メ	も	モ
ya 一ㄚ				yu 一ㄩ				yo 一ㄡ	
や	ヤ			ゆ	ユ			よ	ヨ
ra ㄌㄚ		ri ㄌ一		ru ㄌㄨ		re ㄌㄝ		ro ㄌㄡ	
ら	ラ	り	リ	る	ル	れ	レ	ろ	ロ
wa ㄨㄚ				o ㄡ				n ㄣ	
わ	ワ			を	ヲ			ん	ン

 ●track 003

濁音

ga ㄍㄚ		gi ㄍ一		gu ㄍㄨ		ge ㄍㄝ		go ㄍㄡ	
が	ガ	ぎ	ギ	ぐ	グ	げ	ゲ	ご	ゴ
za ㄗㄚ		ji ㄐ一		zu ㄗ		ze ㄗㄝ		zo ㄗㄡ	
ざ	ザ	じ	ジ	ず	ズ	ぜ	ゼ	ぞ	ゾ
da ㄉㄚ		ji ㄐ一		zu ㄗ		de ㄉㄝ		do ㄉㄡ	
だ	ダ	ぢ	ヂ	づ	ヅ	で	デ	ど	ド
ba ㄅㄚ		bi ㄅ一		bu ㄅㄨ		be ㄅㄝ		bo ㄅㄡ	
ば	バ	び	ビ	ぶ	ブ	べ	ベ	ぼ	ボ
pa ㄆㄚ		pi ㄆ一		pu ㄆㄨ		pe ㄆㄝ		po ㄆㄡ	
ぱ	パ	ぴ	ピ	ぷ	プ	ぺ	ペ	ぽ	ポ

拗音

kya ㄎㄧㄚ		kyu ㄎㄧㄩ		kyo ㄎㄧㄡ	
きゃ	キャ	きゅ	キュ	きょ	キョ
sha ㄒㄧㄚ		**shu** ㄒㄧㄩ		**sho** ㄒㄧㄡ	
しゃ	シャ	しゅ	シュ	しょ	ショ
cha ㄑㄧㄚ		**chu** ㄑㄧㄩ		**cho** ㄑㄧㄡ	
ちゃ	チャ	ちゅ	チュ	ちょ	チョ
nya ㄋㄧㄚ		**nyu** ㄋㄧㄩ		**nyo** ㄋㄧㄡ	
にゃ	ニャ	にゅ	ニュ	にょ	ニョ
hya ㄏㄧㄚ		**hyu** ㄏㄧㄩ		**hyo** ㄏㄧㄡ	
ひゃ	ヒャ	ひゅ	ヒュ	ひょ	ヒョ
mya ㄇㄧㄚ		**myu** ㄇㄧㄩ		**myo** ㄇㄧㄡ	
みゃ	ミャ	みゅ	ミュ	みょ	ミョ
rya ㄌㄧㄚ		**ryu** ㄌㄧㄩ		**ryo** ㄌㄧㄡ	
りゃ	リャ	りゅ	リュ	りょ	リョ

gya ㄍㄧㄚ		gyu ㄍㄧㄩ		gyo ㄍㄧㄡ	
ぎゃ	ギャ	ぎゅ	ギュ	ぎょ	ギョ
ja ㄐㄧㄚ		**ju** ㄐㄧㄩ		**jo** ㄐㄧㄡ	
じゃ	ジャ	じゅ	ジュ	じょ	ジョ
ja ㄐㄧㄚ		**ju** ㄐㄧㄩ		**jo** ㄐㄧㄡ	
ぢゃ	ヂャ	ぢゅ	ヂュ	ぢょ	ヂョ
bya ㄅㄧㄚ		**byu** ㄅㄧㄩ		**byo** ㄅㄧㄡ	
びゃ	ビャ	びゅ	ビュ	びょ	ビョ
pya ㄆㄧㄚ		**pyu** ㄆㄧㄩ		**pyo** ㄆㄧㄡ	
ぴゃ	ピャ	ぴゅ	ピュ	ぴょ	ピョ

● 平假名　片假名

各詞類接續用例

動詞變化

[動－辞書形]：

I類動詞：書く

II類動詞：教える

III類動詞：する、来る

[動－ます形]：

I類動詞：書き

II類動詞：教え

III類動詞：し、来

[動－ない形]：

I類動詞：書か

II類動詞：教え

III類動詞： し、来

[動－ない形]＋ない：

I類動詞：書かない

II類動詞：教えない

III類動詞：しない、来ない

[動－て形]：

I類動詞：書いて

II類動詞：教えて

III類動詞：して、来て

[動－た形]：

I類動詞：書いた

II類動詞：教えた

III類動詞：した、来た

[動－可能]：

I類動詞：書ける

II類動詞：教えられる

III類動詞：できる、来られる

[動－ば]：

I類動詞：書けば

II類動詞：教えれば

III類動詞：すれば、来れば

[動－命令形]：

I類動詞：書け

II類動詞：教えろ

III類動詞：しろ、来い

[動－意向形]：

I類動詞：書こう

II類動詞：教えよう

III類動詞：しよう、来よう

[動－受身]：

I類動詞：書かれる

II類動詞：教えられる

III類動詞：される、来られる

[動－使役]：

I類動詞：書かせる

II類動詞：教えさせる

III類動詞：させる、来させる

[動－使役受身]：

I類動詞：書かされる／書かせられる

II類動詞：教えさせられる

III類動詞：させられる、来させられる

い形容詞

[い形－○]：楽し

[い形－く]：楽しく

[い形－い]：楽しい

[い形－ければ]：楽しければ

な形容詞

[な形－○]：静か

[な形－なら]：静かなら

[な形－な]：静かな

[な形－である]：静かである

名詞

[名]：先生

[名－なら]：先生なら

[名－の]：先生の

[名－である]：先生である

普通形

動詞	書く	書かない
	書いた	書かなかった
い形	楽しい	楽しくない
	楽しかった	楽しくなかった
な形	静かだ	静かではない
	静かだった	静かではなかった
名詞	先生だ	先生ではない
	先生だった	先生ではなかった

名詞修飾型

動詞	書く	書かない
	書いた	書かなかった
い形	楽しい	楽しくない
	楽しかった	楽しくなかった
な形	静かな	静かではない
	静かだった	静かではなかった
名詞	先生の	先生ではない
	先生だった	先生ではなかった

文法篇

單字篇

N3 この一冊で合格！

文法篇

 005 **track**

あ行

> ～間
> _{あいだ}
>
> 在…期間；…時

接 續

[名－の]＋間^{あいだ}

[な形-な]＋間^{あいだ}

[い形－い]＋間^{あいだ}

[動－て形]+いる／[動－辞書形]／[動-ない形]+ない＋間^{あいだ}

比 較

表示一段時間內持續進行某動作或狀態，後面接的句子若有動詞時，該動詞多以[動－て形]+いる或[動－つづける]的形式呈現。

例 句

例 彼女は授業の間ずっと居眠りをしていた。

ka.no.jo.wa./ju.gyo.u.no.a.i.da./zu.tto./i.ne.mu.ri.o./shi.te.i.ta.

她上課的時候一直都在打瞌睡。

例 一生懸命走っている間は嫌なことも忘れてしまう。

i.ssho.u.ke.n.me.i./ha.shi.tte.i.ru.a.i.da.wa./i.ya.na.ko.to.mo./wa.su.re.te./shi.ma.u.

拼命跑的時候也就忘了討厭的事情。

 track 006

～間（あいだ）に
…之間；趁…之時

接　續

[名－の]＋間（あいだ）に

[な形－な]＋間（あいだ）に

[い形－い]＋間（あいだ）に

[動－て形]＋いる／[動－辞書形]／[動-ない形]＋ない＋間（あいだ）に

比　較

表示持續某狀態的期間，後面接續句子是在該期間內進行的某一動作或事態(該動作並非一直持續)。故接續的句子中動詞多半為「～する」「～しはじめる」「～になる」等非繼續的形式。

例　句

例 2時（にじ）から3時（さんじ）までの間（あいだ）に一度（いちど）電話（でんわ）をください。

ni.ji.ka.ra./sa.n.ji.ma.de.no./a.i.da.ni./i.chi.do.de.n.wa.o./ku.da.sa.i.

2點到3點之間請打電話給我。

例 祖母（そぼ）が元気（げんき）な間（あいだ）に、海外旅行（かいがいりょこう）に連（つ）れて行（い）きたいです。

so.bo.ga./ge.n.ki.na.a.i.da.ni./ka.i.ga.i.ryo.ko.u.ni./tsu.re.te.i.ki.ta.i.de.su.

想趁祖母身體好，帶她到國外旅行。

例 私（わたし）はアメリカにいる間（あいだ）に結婚（けっこん）しました。

wa.ta.shi.wa./a.me.ri.ka.ni./i.ru.a.i.da.ni./ke.kko.n.shi.ma.shi.ta.

我在赴美期間結婚了。

006 **track** 跨頁共同導讀

〜一体
いったい

究竟；到底

接　續

一体＋疑問
いったい

例　句

例 一体全体なにが起こったのか。
いったいぜんたい　　　　　　　お

i.tta.i.ze.n.ta.i./na.ni.ga./o.ko.tta.no.ka.

到底發生了什麼事。

例 彼は一体何を考えているのか。
かれ　　いったいなに　かんが

ka.re.wa./i.tta.i./na.ni.o./ka.n.ga.e.te.i.ru.no.ka.

他到底在想些什麼。

 007 **track**

〜うちに

趁…時；在…之內；…著…著

接　續

[名－の]＋うちに

[な形－な]＋うちに

[い形－い]＋うちに

[動-て形]＋いる／[動-辞書形]／[動-ない形]＋ない＋うちに

track 跨頁共同導讀 007

例 句

例 コーヒーが冷めないうちに、お召し上がりください。

ko.o.hi.i.ga./sa.me.na.i.u.chi.ni./o.me.shi.a.ga.ri./ku.da.sa.i.

趁咖啡還沒冷，請盡快享用。

例 コーヒーが温かいうちに砂糖を入れて溶かします。

ko.o.hi.i.ga./a.ta.ta.ka.i.u.chi.ni./sa.to.u.o./i.re.te./to.ka.shi.ma.su.

趁咖啡還是熱的時候加入砂糖讓它溶解。

例 今日のうちに買い物を済ませる。

kyo.u.no.u.chi.ni./ka.i.mo.no.o./su.ma.se.ru.

在今天內把東西買齊。

例 どんなことでも、やり続けているうちに楽しくなる。

do.n.na.ko.to.de.mo./ya.ri.tsu.zu.ke.te.i.ru./u.chi.ni./ta.no.shi.ku.na.ru.

不管什麼事，只要繼續下去就會變得快樂輕鬆。

例 二人が話し合ううちに価値観の違いがどんどん明らかになった。

fu.ta.ri.ga./ha.na.shi.a.u.u.chi.ni./ka.chi.ka.n.no./chi.ga.i.ga./do.n.do.n./a.ki.ra.ka.ni./na.tta.

兩個人在交談之中，漸漸發現了價值觀的差異。

文法篇

單字篇

～おかげで
多虧了…；託…的福

接 續

[動詞、名詞、い形、な形]名詞修飾型＋おかげで

例 句

例 先生のおかげで希望の高校に行ける事になりました。

se.n.se.i.no.o.ka.ge.de./ki.bo.u.no.ko.u.ko.u.ni./i.ke.ru.ko.to.ni./na.ri.ma.shi.ta.

託老師的福，我錄取了想念的高中。

例 先生に相談したおかげで今後の方向性が見えて、大変楽になりました。

se.n.se.i.ni./so.u.da.n.shi.ta.o.ka.ge.de./ko.n.go.no./ho.u.ko.u.se.i.ga./mi.e.te./ta.i.he.n.ra.ku.ni./na.ri.ma.shi.ta.

都是因為和老師談過，才能看到未來的方向，變得十分輕鬆。

例 世代が近いおかげで、先輩にもすごく相談しやすい。

se.da.i.ga./chi.ka.i.o.ka.ge.de./se.n.pa.i.ni.mo./su.go.ku.so.u.da.n.shi.ya.su.i.

因為年紀相近，所以能很輕鬆地和前輩商量。

例 手続きが簡単なおかげで作業があっという間に終わった。

te.tsu.zu.ki.ga./ka.n.ta.n.na.o.ka.ge.de./sa.gyo.u.ga./a.tto.i.u.ma.ni./o.wa.tta.

因為手續很簡單，所以作業很快就完成了。

 track 008

か行

かえって
反而；反倒

接　續

「かえって」為副詞；用法和副詞相同。

比　較

用於事情出乎自己預料的情況。

例　句

例 ラッシュアワーの時は、自動車より歩くほうがかえって速い。

ra.sshu.a.wa.a.no.to.ki.wa./ji.do.u.sha.yo.ri./a.ru.ku.ho.u.ga./ka.e.tte./ha.ya.i.

在交通尖峰時刻，用走的反而比開車快。

---

 track 009

～かぎる
最好；再好不過；只限

接　續

[名]＋にかぎる
[な形－な]＋のに＋かぎる
[い形－い]＋のに＋かぎる
[動－辞書形]＋にかぎる

009 **track** 跨頁共同導讀

例 句

例 疲れを癒すには眠るに限る。

tsu.ka.re.o./i.ya.su.ni.wa./ne.mu.ru.ni.ka.gi.ru.

要消除疲勞唯有靠睡眠最有效。

例 入場者は女性に限ります。

nyu.u.jo.u.sha.wa./jo.se.i.ni./ka.gi.ri.ma.su.

入場者限女性。

〜がち

總是…；常會…；容易會…

接 續

[動－ます形]＋がち

[名]＋がち

比 較

「がち」為接尾詞，通常接在名詞或動詞後面。

例 句

例 この時計は最近遅れがちだ。

ko.no.to.ke.i.wa./sa.i.ki.n.o.ku.re.ga.chi.da.

這支錶最近常會變慢。

例 彼は病気で日頃から会社を休みがちです。

ka.re.wa./byo.u.ki.de./hi.go.ro.ka.ra./ka.i.sha.o./ya.su.mi.ga.chi.de.su.

他因為生病，平常就經常請假沒來上班。

track 跨頁共同導讀 009

例 このような事はつい忘れがちです。

ko.no.yo.u.na.ko.to.wa./tsu.i.wa.su.re.ga.chi.de.su.

像這種事總是很容易不小心忘記。

例 そういう事故はとかく起こりがちである。

so.u.i.u.ji.ko.wa./to.ka.ku./o.ko.ri.ga.chi.de.a.ru.

這種事故總是易發生。

〜から〜にかけて
從…到…

接續

[名]＋から＋[名]＋にかけて

比較

表示「兩個地點之間」或是「一段時間」之內。和「〜から〜まで」的用法類似，但比較籠統，沒有明確的指出界線或時間點。

例句

例 中部地方から関東地方にかけて、晴れになるでしょう。

chu.u.bu.chi.ho.u.ka.ra./ka.n.to.u.chi.ho.u.ni./ka.ke.te./ha.re.ni.na.ru.de.sho.u.

從中部到關東地區，都會是晴天。(天氣預報用語)

009 **track** 跨頁共同導讀

例 天気予報によると、台風は今晩から明日の朝にかけて上陸するとのことです。

te.n.ki.yo.ho.u.ni.yo.ru.to./ta.i.fu.u.wa./ko.n.ba.n.ka.ra./a.shi.ta.no.a.sa.

ni./ka.ke.te./jo.u.ri.ku.su.ru./to.no.ko.to.de.su.

根據天氣預報，颱風在今晚到明早間會登陸。

 010 **track**

〜から（に）は
既然

接續

[動詞、い形]普通形＋からには

[な形－である]＋からには

[名－である]＋からには

比較

和「〜からは」相同。

後面通常是接表示義務、命令、勧誘、決心、推斷的句子。

例句

例 警察官であるからには、人々の安全を守る義務がある。

ke.i.sa.tsu.ka.n.de.a.ru.ka.ra.ni.wa./hi.to.bi.to.no./a.n.ze.n.o./ma.mo.ru.

gi.mu.ga./a.ru.

既然身為警察，就有保護人民安全的義務。

例 イギリスに留学したからには、できるだけ多くの
外国人と友達になりたい。

i.gi.ri.su.ni./ryu.u.ga.ku.shi.ta.ka.ra.ni.wa./de.ki.ru.da.ke./o.o.ku.no./
ga.i.ko.ku.ji.n.to./to.mo.da.chi.ni./na.ri.ta.i.

既然到英國留學，就想盡可能和很多外國人成為朋友。

例 約束したからには、どんなことがあっても守るべ
きだ。

ya.ku.so.ku.shi.ta.ka.ra.ni.wa./do.n.na.ko.to.ga./a.tte.mo./ma.mo.ru.be.
ki.da.

既然做了約定，不管有什麼事都應該遵守。

例 高価なものがこんなに安いからには必ず理由があ
る。

ko.u.ka.na.mo.no.ga./ko.n.na.ni./ya.su.i.ka.ra.ni.wa./ka.na.ra.zu./ri.yu.
u.ga.a.ru.

昂貴的東西會這麼便宜，一定有它的理由。

～かわりに
不做…而…；與其…不如…

接 續

[動－辞書形]＋かわりに

例 句

例 映画に行くかわりに、レンタルDVDを借りるほう
がいいと思う。

e.i.ga.ni./i.ku.ka.wa.ri.ni./re.n.ta.ru.d.v.d.o./ka.ri.ru.ho.u.ga.i.i.to./o.mo.u.

與其去看電影，不如借DVD回來看。

011 **track**

～かわりに
代替…

接続

[名－の]＋かわりに

例句

例 倹約家の彼のかわりに、私が払う。

ke.n.ya.ku.ka.no./ka.re.no.ka.wa.ri.ni./wa.ta.shi.ga./ha.ra.u.

我代替勤儉的他付錢。

例 紙コップのかわりに、ペットボトルを使う。

ka.mi.ko.ppu.no./ka.wa.ri.ni./pe.tto.bo.to.ru.o./tsu.ka.u.

用保特瓶代替紙杯。

～かわりに
相對的；相當於…；互換

接続

[動、い形、な形、名詞]名詞修飾形＋かわりに

例句

例 私が掃除する代わりに、あなたはゴミを出してください。

wa.ta.shi.ga./so.u.ji.su.ru.ka.wa.ri.ni./a.na.ta.wa./go.mi.o./da.shi.te./ku.da.sa.i.

我來打掃，相對的你要去倒垃圾。

文法篇

單字篇

track 跨頁共同導讀 011

例 このホテルは安いかわりに、部屋が汚い。

ko.no.ho.te.ru.wa./ya.su.i.ka.wa.ri.ni./he.ya.ga./ki.ta.na.i.

這間飯店很便宜，相對的房間很髒。

例 この アパートは駅に近くて便利なかわりに、家賃が高い。

ko.no.a.pa.a.to.wa./e.ki.ni.chi.ka.ku.te./be.n.ri.na.ka.wa.ri.ni./ya.chi.n.ga.ta.ka.i.

這間公寓離車站很近交通便利，相對的房租就很高。

～きり（だ）
僅僅；只有

接 續

[動－普通形]＋きり（だ）

[動－た形]＋きり（だ）

[名]＋きり（だ）

例 句

例 恋人と二人きりで映画を観た。

ko.i.bi.to.to./fu.ta.ri.ki.ri.de./e.i.ga.o.mi.ta.

只和情人兩個人看電影。

例 彼は何を聞いても、笑っているきりで、全然答えない。

ka.re.wa./na.ni.o.ki.i.te.mo./wa.ra.tte.i.ru.ki.ri.de./ze.n.ze.n.ko.ta.e.na.i.

他不管聽到什麼，都只是笑，完全不回答。

011 **track** 跨頁共同導讀

例 京都なんて数年前に行ったきりだ。
kyo.u.to.na.n.te./su.u.ne.n.ma.e.ni./i.tta.ki.ri.da.
京都從幾年前去過後就不曾再訪。

 012 **track**

〜きり（だ）
持續某一個狀態

接　續

[動－た形]＋きり（だ）

比　較

口語上可寫成「〜っきり」。

例 句

例 彼女は、日本へ行ったきりだ。
ka.no.jo.wa./ni.ho.n.e./i.tta.ki.ri.da.
她去了日本就不曾回來。

〜くらい（だ）／ぐらい（だ）
大約…

接　續

[動－普通形]＋くらい
[動－ない形]＋ない＋くらい

track 跨頁共同導讀 012

[い形－い]＋くらい

[な形－な]＋くらい

[名]＋くらい

例 句

例 泣きたいくらいだ。
na.ki.ta.i.ku.ra.i.da.
到讓人想哭的程度。

例 飛び上がりたくなるくらい嬉しかった。
to.bi.a.ga.ri.ta.ku.na.ru./ku.ra.i./u.re.shi.ka.tta.
高興得想跳起來。

例 どれぐらいの長さですか。
do.re.gu.ra.i.no./na.ga.sa.de.su.ka.
大概有多長呢？

～くらい（だ）／ぐらい（だ）
只不過

接 續

[動－普通形]＋くらい

[名]＋くらい

例 句

例 それくらいでは駄目だ。
so.re.ku.ra.i.de.wa./da.me.da.
只有那種程度是不行的。

012 **track** 跨頁共同導讀

例 それくらいで慌（あわ）てるな。
so.re.ku.ra.i.de./a.wa.te.ru.na.
只是那種程度的事沒什麼好緊張的。

例 それぐらいは私（わたし）でも知（し）っている。
so.re.gu.ra.i.wa./wa.ta.shi.de.mo./shi.tte.i.ru.
那種程度的事情我也知道。

013 **track**

～げ
好像…；…的樣子

接續

[い形－○]＋げ
[な形－○]＋げ

比較

「～げ」是屬於な形容詞。

例句

 彼女（かのじょ）は寂（さび）しげに、独（ひと）りで教室（きょうしつ）に座（すわ）っていた。
ka.no.jo.wa./sa.bi.shi.ge.ni./hi.to.ri.de./kyo.u.shi.tsu.ni./su.wa.tte.i.ta.
她好像很寂寞似的獨自坐在教室裡。

track 跨頁共同導讀 013

～こそ
正是…：一定要

接　續

[動詞、名詞、い形、な形]普通形＋こそ

[名]＋こそ

例　句

例 仕事こそ私の生きがいだ。

shi.go.to.ko.so./wa.ta.shi.no./i.ki.ga.i.da.

工作就是我生存的意義。

例 今年こそ頑張ろう。

ko.to.shi.ko.so./ga.n.ba.ro.u.

今年一定要努力。

～ことになっている／こととなっている
約定；規定

接　續

[動－辞書形]＋ことになっている

[動－ない形]＋ない＋ことになっている

[い形－い]＋ことになっている

比　較

通常用來表示規定、規則。也可以用「～ということになっている」的形式。

013 **track** 跨頁共同導讀

例 句

例 日本では、二十歳まではたばこを吸ってはいけないことになっています。

ni.ho.n.de.wa./ha.ta.chi.ma.de.wa./ta.ba.ko.o./su.tte.wa./i.ke.na.i.ko.to.ni./na.tte.i.ma.su.

在日本，規定未滿20歲是不能吸菸的。

例 試合の前には、各チームがそれぞれ7分間、守備練習をすることとなっている。

shi.a.i.no.ma.e.ni.wa./ka.ku.chi.i.mu.ga./so.re.zo.re.na.na.fu.n.ka.n./shu.bi.re.n.shu.u.o./su.ru.ko.to.to./na.tte.i.ru.

在比賽前，各隊分別有7分鐘的守備練習時間。

～ことはない
不必…；沒必要…

接 續

[動－辞書形]＋ことはない

例 句

例 まだ早いから、急ぐことはない。

ma.da.ha.ya.i.ka.ra./i.so.gu.ko.to.wa./na.i.

時間還早，不用急。

例 たいしたことではないから、心配することはありません。

ta.i.shi.ta.ko.to.de.wa.na.i.ka.ra./shi.n.pa.i.su.ru.ko.to.wa./a.ri.ma.se.n.

不是什麼大事，所以不用擔心。

文法篇

單字篇

track 跨頁共同導讀 013

> ～こりゃ／そりゃ／りゃ
> これは、それは、れば的口語表現方式。

接　續

これは→こりゃ

それは→そりゃ

～れば→～りゃ

比　較

口語的表達方式。

例　句

例 こりゃ大変だ。

ko.rya.ta.i.he.n.da.

這可糟了。

（これは大変だ。）

例 そりゃそうだ。

so.rya.so.u.da.

那麼說沒錯。

（それはそうだ。）

例 そんなにやりたきゃ、勝手にすりゃいい。

so.n.na.ni.ya.ri.ta.kya./ka.tte.ni.su.rya.i.i.

那麼想做的話，就隨便你吧。

（そんなにやりたければ、勝手にすればいい。）

014 **track**

さ行

〜さえ
連…(都)；甚至…(也)

接　續

[名](＋助詞)＋さえ

[疑問詞]…かさえ

例 句

例 忙しすぎて、家族と一緒に食事することさえできない。

i.so.ga.shi.su.gi.te./ka.zo.ku.to./i.ssho.ni./sho.ku.ji.su.ru.ko.to.sa.e./de.ki.na.i.

實在太忙了，連和家人一起吃飯的時間都沒有。

例 そんなことは子供でさえ知ってるよ。

so.n.na.ko.to.wa./ko.do.mo.de.sa.e./shi.tte.ru.yo.

這種事連小孩都知道。

〜さえ〜ば
只要…就…

接　續

[動−ます形]＋さえ＋すれば/しなければ

[い形−く]＋さえ＋あれば/なければ

文法篇

單字篇

track 跨頁共同導讀 014

[な形－で]＋さえ＋あれば/なければ

[名－で]＋さえ＋あれば/なければ

[名]＋さえ＋動－ば

[名]＋さえ＋い形－ければ

[名]＋さえ＋な形－なら

[名]＋さえ＋名－なら

比 較

也可以用「〜さえ〜たら」的形式。

例 句

例 これさえあれば十分だ。

ko.re.sa.e.a.re.ba./ju.u.bu.n.da.

只要有這個就夠了。

例 交通が便利でさえあればどんなところでもいいんです。

ko.u.tsu.u.ga./be.n.ri.de.sa.e.a.re.ba./do.n.na.to.ko.ro.de.mo./i.i.n.de.su.

只要交通方便，什麼樣的地方都可以。

例 コツさえ分かれば誰でもうまく運転できる。

ko.tsu.sa.e./wa.ka.re.ba./da.re.de.mo./u.ma.ku.u.n.te.n.de.ki.ru.

只要掌握技巧，誰都可以駕駛得很好。

例 年をとっても、体さえ丈夫なら心配はいらない。

to.shi.o.to.tte.mo./ka.ra.da.sa.e./jo.u.bu.na.ra./shi.n.pa.i.wa./i.ra.na.i.

即使上了年紀，只要身體健康的話就不需要擔心。

例 結果さえよければ手段は選ばない。

ke.kka.sa.e.yo.ke.re.ba./shu.da.n.wa./e.ra.ba.na.i.

只要有好結果，不管用什麼方法都行。

015 **track**

～させる
強制、指示、許可、誘発

接　續

I類動詞：書く→書かせる

II類動詞：教える→教えさせる

III類動詞：する→させる、来る→来させる

比　較

基本句型為：

AはBを自動詞（さ）せる

AはBにCを他動詞（さ）せる

例　句

例 医者は田中さんにタバコを辞めさせました。

i.sha.wa./ta.na.ka.sa.n.ni./ta.ba.ko.o./ya.me.sa.se.ma.shi.ta.

醫生要田中戒菸。（表「指示」）

例 田中さんの両親は、留学したがっている田中さん
を留学させました。

ta.na.ka.sa.n.no./ryo.u.shi.n.wa./ryu.u.ga.ku.shi.ta.ga.tte.i.ru./ta.na.ka.
sa.n.o./ryu.u.ga.ku.sa.se.ma.shi.ta.

田中的父母允許想留學的他去留學。（表「許可」）

例 （私は）いい大学に合格して、両親を喜ばせたい
です。

wa.ta.shi.wa./i.i.da.i.ga.ku.ni./go.u.ka.ku.shi.te./ryo.u.shi.n.o./yo.ro.ko.
ba.se.ta.i.de.su.

我想要考上好大學讓父母開心。（表示「誘發」）

track 跨頁共同導讀 015

～させてください／～させてもらう
請求許可、認可

接　續

[動－使役]＋てください／てもらう

比　較

委婉地請求許可時，可以使用「～させてもらえませんか」
「～させていただけませんか」的句型。

例　句

例 体調が悪いので、今日は休ませていただけません
か。

ta.i.cho.u.ga./wa.ru.i.no.de./kyo.u.wa./ya.su.ma.se.te./i.ta.da.ke.ma.se.
n.ka.

我今天身體不舒服，可以讓我休息(請假)嗎？

例 課長、その仕事は私にさせてください。

ka.cho.u./so.no.shi.go.to.wa./wa.ta.shi.ni./sa.se.te.ku.da.sa.i.

課長，請讓我做那個工作。

例 すみません。電話を使わせていただけませんか。

su.mi.ma.se.n./de.n.wa.o./tsu.ka.wa.se.te./i.ta.da.ke.ma.se.n.ka.

不好意思，電話可以讓我使用電話嗎？

016 **track**

～させられる
(使役受身)被讓…

接　續

I類動詞：書く→書かされる／書かせられる
II類動詞：教える→教えさせられる
III類動詞：する→させられる、
来る→来させられる

比　較

有為難、困擾的意思。

例　句

例 （私は）嫌いなお酒を同僚に飲まされました。
wa.ta.shi.wa./ki.ra.i.na./o.sa.ke.o./do.u.ryo.u.ni./no.ma.sa.re.ma.shi.ta.
被同事要求喝下討厭喝的酒。

更に
更加；再；還有

接　續

更に＋[動、い形、な形]普通形
更に＋數量詞

比　較

和「もっと」的意思相近，但「もっと」較口語。

文法篇

單字篇

track 跨頁共同導讀 016

例 句

例 更に努力する。
sa.ra.ni./do.ryo.ku.su.ru.
更加努力。

例 風は更に強くなった。
ka.ze.wa./sa.ra.ni./tsu.yo.ku.na.tta.
風變得更強了。

例 更に指摘したいことがある。
sa.ra.ni./shi.te.ki.shi.ta.i./ko.to.ga./a.ru.
還有想進一步指出的事情。

track 017

～し
既…又…；因為…

接 續

[動、い形、な形、名詞]普通形＋し

比 較

可以用來表示「並列」關係，如「既…又…」；也可以用來表示「因果關係」，如「因為…」。
也可以用於「又…又…」的意思，此時句型為「…も…し、…も…」。

例 句

例 会社の食堂は安いし、うまい。
ka.i.sha.no./sho.ku.do.u.wa./ya.su.i.shi./u.ma.i.
公司的餐廳既便宜又好吃。

017 **track** 跨頁共同導讀

例 昨日は雨だったし、それに風も強かった。
ki.no.u.wa./a.me.da.tta.shi./so.re.ni./ka.ze.mo.tsu.yo.ka.tta.
昨天下雨，而且風又很大。

例 田中さんは頭もいいし性格もいい。
ta.na.ka.sa.n.wa./a.ta.ma.mo.i.i.shi./se.i.ka.ku.mo.i.i.
田中先生既聰明，個性又好。

例 もう遅いしこれで失礼します。
mo.u.o.so.i.shi./ko.re.de./shi.tsu.re.i.shi.ma.su.
因為已經很晚了，我就告辭了。

〜しかない
只好

接續

[動－辞書形]＋しかない

比較

和「〜しなければならない」同意。

例 句

例 飛行機の到着時間にバスがないので自家用車で
行くしかない。
hi.ko.u.ki.no./to.u.cha.ku.ji.ka.n.ni./ba.su.ga.na.i.no.de./ji.ka.yo.u.sha.
de./i.ku.shi.ka.na.i.
班機到達的時間已經沒有巴士了，所以只好開車去。

文法篇

單字篇

track 跨頁共同導讀 017

例 待っていても誰もやらないなら自分でやるしかない。

ma.tte.i.te.mo./da.re.mo./ya.ra.na.i.na.ra./ji.bu.n.de.ya.ru.shi.ka.na.i.

等了半天都沒人要做的話，就只好自己做了。

track 018

～ず

不…(否定)

接　續

[動－ない形]＋ず

(特殊變化：する→せず)

比　較

相當於「ない」。

例　句

例 3時間待っても雨はやまず、濡れて帰った。

sa.n.ji.ka.n.ma.tte.mo./a.me.wa./ya.ma.zu./nu.re.te.ka.e.tta.

等了3小時雨還不停，只好淋雨回家。

例 飲まず食わずで一生懸命働いた。

no.ma.zu./ku.wa.zu.de./i.ssho.u.ke.n.me.i./ha.ta.ra.i.ta.

不吃不喝拼命工作。

例 何も食べずに寝た。

na.ni.mo./ta.be.zu.ni./ne.ta.

什麼都沒吃就睡了。

018 **track** 跨頁共同導讀

～すぎる
太…；過於…

接　續

[名]＋すぎる

[な形－○]＋すぎる

[い形－○]＋すぎる

[動－ます形]＋すぎる

例　句

例 食べ過ぎてお腹を壊した。

ta.be.su.gi.te./o.na.ka.o./ko.wa.shi.ta.

暴飲暴食吃壞了吐子。

例 髪の毛が長すぎる。

ka.mi.no.ke.ga./na.ga.su.gi.ru.

頭髮太長了。

例 あの人は真面目すぎて、つまらない。

a.no.hi.to.wa./ma.ji.me.su.gi.te./tsu.ma.ra.na.i.

那個人太正經了，真無趣。

既に
已經…；已…

接　續

「既に」是副詞。

track 跨頁共同導讀 018

例 句

例 会議は既に終わった。

ka.i.gi.wa./su.de.ni./o.wa.tta.

會議已經結束了。

例 これは既に周知の事実となっている。

ko.re.wa./su.de.ni./shu.u.chi.no./ji.ji.tsu.to./na.tte.i.ru.

這已經是眾所皆知的事實。

 track 019

せいぜい
充其量；最多也是…

接 續

「せいぜい」是副詞。

例 句

例 一日にせいぜい1000元ぐらいしか稼げない。

i.chi.ni.chi.ni./se.i.ze.i./se.n.ge.n.gu.ra.i./shi.ka./ka.se.ge.na.i.

一天充其量也只能賺1000元。

例 参加者は多くてもせいぜい50人ぐらいだろう。

sa.n.ka.sha.wa./o.o.ku.te.mo./se.i.ze.i./go.ju.u.ni.n.gu.ra.i.da.ro.u.

參加者最多也才50人左右。

019 **track** 跨頁共同導讀

た行

〜たい
想要…

接續

[動－ます形]＋たい

比較

用於表示發話者的要求或強烈的願望。用於疑問句時則是問對方的意向。若是用在表示第三者的願望時，就要把「たい」換成「たがる」。

例句

例 私はとても日本に行きたい。

wa.ta.shi.wa./to.te.mo./ni.ho.n.ni./i.ki.ta.i.

我非常想去日本。

020 **track**

〜だけ
只要；與…相稱；正因為；盡可能

接續

[動、い形、な形]名詞修飾形＋だけ

[名]＋だけ

比較

依接續的不同，有「だけあって」「だけに」「だけの」等表現方式。

track 跨頁共同導讀 020

例 句

例 それは言うだけの価値がある。

so.re.wa./i.u.da.ke.no.ka.chi.ga.a.ru.

那和所說的相稱。／名不虛傳。。

例 努力しただけ実になる。

do.ryo.ku.shi.ta.da.ke./mi.ni.na.ru.

只要努力就會有成果。

例 受験勉強は努力しただけ結果が伴う。

ju.ke.n.be.n.kyo.u.wa./do.ryo.ku.shi.ta.da.ke./ke.kka.ga./to.mo.na.u.

準備考試只要努力就會有成果。

例 考えるだけ考えたが解決できなかった。

ka.n.ga.e.ru.da.ke./ka.n.ga.e.ta.ga./ka.i.ke.tsu.de.ki.na.ka.tta.

想盡了所有的方法但是無法解決。

例 ほしいだけ服が買えたらどんなにいいだろう。

ho.shi.i.da.ke./fu.ku.ga.ka.e.ta.ra./do.n.na.ni.i.i.da.ro.u.

如果可以把想買的衣服全都買下來該有多好。

例 彼は日本に留学しただけに日本語がうまいね。

ka.re.wa./ni.ho.n.ni./ryu.u.ga.ku.shi.ta.da.ke.ni./ni.ho.n.go.ga./u.ma.i.ne.

他因為去日本留過學所以日語很好。

例 彼はヨーロッパでの経験が長いだけにＪリーグ初出場とは思えない。

ka.re.wa./yo.u.ro.ppa.de.no./ke.i.ke.n.ga./na.ga.i.da.ke.ni./j.ri.i.gu./ha.tsu.shu.tsu.jo.u.to.wa./o.mo.e.na.i.

他因為長時間在歐洲踢球所以不像在日本職業足球聯盟第一次出場。

020 **track** 跨頁共同導讀

例 その映画は面白かった。あの名監督が作っただけ
のことはある。

so.no.e.i.ga.wa./o.mo.shi.ro.ka.tta./a.no.me.i.ka.n.to.ku.ga./tsu.ku.tta.
da.ke.no./ko.to.wa.a.ru.

那部電影很好看。真不愧是那位名導演的作品。

例 このメロンはおいしい。高かっただけのことはあ
る。

ko.no.me.ro.n.wa./o.i.shi.i./ta.ka.ka.tta.da.ke.no./ko.to.wa.a.ru.

這顆哈蜜瓜很好吃。真不愧是高價品。

例 プロ野球選手になるためには、できるだけの
努力をするつもりです。

pu.ro.ya.kyu.u.se.n.shu.ni./na.ru.ta.me.ni.wa./de.ki.ru.da.ke.no.do.ryo.
ku.o./su.ru.tsu.mo.ri.de.su.

為了成為職業棒球選手，打算盡所有的努力。

 021 **track**

～だけあって
只要；與…相稱；正因為；盡可能

接　續

[動、い形、な形]名詞修飾形＋だけあって

[名]＋だけあって

比　較

意同前一文型「だけ」。

track 跨頁共同導讀 021

例 句

例 あの先生は、経験が長いだけあって、授業が分かりやすいです。

a.no.se.n.se.i.wa./ke.i.ke.n.ga.na.ga.i.da.ke.a.tte./ju.gyo.u.ga./wa.ka.ri.ya.su.i.de.su.

那個老師因為教學經驗長，講課很好懂。

例 さすがに留学しただけあって、会話が上達しましたね。

sa.su.ga.ni./ryu.u.ga.ku.shi.ta.da.ke.a.tte./ka.i.wa.ga./jo.u.ta.tsu.shi.ma.shi.ta.ne.

不愧是留過學，會話進步很多。

例 このカラスミは高かっただけあって、おいしい。

ko.no.ka.ra.su.mi.wa./ta.ka.ka.tta.da.ke.a.tte./o.i.shi.i.

這個烏魚子因為很貴所以很好吃。

～たって／だって
ても、でも的口語說法

接 續

ても→たって

でも→だって

例 句

例 いくら勉強したって点数が上がらないよ。

i.ku.ra.be.n.kyo.u.shi.ta.tte./te.n.su.u.ga./a.ga.ra.na.i.yo.

不管怎麼用功分數都無法提升。

（いくら勉強しても点数が上がらないよ。）

021 **track** 跨頁共同導讀

例 時間はいつだっていいんだ。

ji.ka.n.wa./i.tsu.da.tte.i.i.n.da.

不管什麼時間都無所謂。

（時間はいつでもいいんだ。）

～たて
剛…

接　續

[動－ます形]＋たての＋[名]

[動－ます形]＋たてだ

例　句

例 焼き立ての魚。

ya.ki.ta.te.no./sa.ka.na.

剛烤(煎)好的魚。

例 このジュースは搾りたてだ。

ko.no.ju.u.su.wa./shi.bo.ri.ta.te.da.

這果汁是現榨的。

文法篇

單字篇

 track 022

> ## たとえ
> 就算；即便是

接　續

「たとえ」是副詞。

比　較

「たとえ」具有「假設就算能…」的意思，後面常接有「ても」「とも」「たところで」「としても」等表達方式。

例　句

例 たとえどんな困難_{こんなん}があっても、やり通_{とお}さなければならない。

ta.to.e./do.n.na.ko.n.na.n.ga./a.tte.mo./ya.ri.to.o.sa.na.ke.re.ba.na.ra.na.i.

不管有什麼樣的困難，都一定要堅持到底。

例 たとえ天気_{てんき}が悪_{わる}くても行_いかねばならない。

ta.to.e./te.n.ki.ga./wa.ru.ku.te.mo./i.ka.ne.ba.na.ra.na.i.

就算天氣不好，也一定要去。

文法篇

單字篇

〜たところ
…結果…

接　續

[動－た形]＋ところ

比　較

表示偶然的契機，屬於順接的用法，後面通常是出乎意料之外的客觀事實。

例　句

例 課長にお願いしたところ、早速承諾のお返事を頂いた。

ka.cho.u.ni./o.ne.ga.i.shi.ta.to.ko.ro./sa.sso.ku.sho.u.da.ku.no./o.he.n.ji.o./i.ta.da.i.ta.

我請求了課長，(結果)立刻得到他的同意。

〜たばかりだ
剛…

接　續

[動－た形]＋ばかりだ

比　較

表示完成一個動作後沒有多久的時間。

track 跨頁共同導讀 022

 例 句

例 先週買ったばかりなのに、エアコンが壊れてしまった。

se.n.shu.u.ka.tta.ba.ka.ri.na.no.ni./e.a.ko.n.ga./ko.wa.re.te./shi.ma.tta.

上星期才剛買的冷氣竟然壞了。

track 023

〜たびに
每次都；一⋯總是⋯

接 續

[名－の]＋たびに

[動－辞書形]＋たびに

例 句

例 この曲を聴くたびに昔を思い出す。

ko.no.kyo.ku.o./ki.ku.ta.bi.ni./mu.ka.shi.o./o.mo.i.da.su.

每次聽到這首歌都會想起過去。

例 彼は出張の度に必ず土産を買ってくる。

ka.re.wa./shu.ccho.u.no.ta.bi.ni./ka.na.ra.zu./mi.ya.ge.o./ka.tte.ku.ru.

他每次出差一定都會帶禮物回來。

～ために
為了

接　續

[名－の]＋ために
[動－辞書形]＋ために

比　較

「ために」前面要放靠自己的意志可以實現的事情。若是表示要實現非自己能控制的某種狀態，則不能使用「ために」，而要用「ように」。

例　句

例 車を買うために朝から晩まで働く。
ku.ru.ma.o./ka.u.ta.me.ni./a.sa.ka.ra./ba.n.ma.de./ha.ta.ra.ku.
為了買車，從早到晚工作。

例 地球環境のために、日本でサミットが開催された。
chi.kyu.u.ka.n.kyo.u.no.ta.me.ni./ni.ho.n.de./sa.mi.tto.ga./ka.i.sa.i.sa.re.ta.
為了保護地球環境，在日本舉行了高峰會。

track 跨頁共同導讀 023

～たものだ
表示回憶過去

接　續

[動－た形]＋ものだ

比　較

帶著感慨的心情回憶過去的事情。

例　句

小さい頃はよく皆で近くの公園へ遊びに行ったものです。

chi.i.sa.i.ko.ro.wa./yo.ku.mi.na.de./chi.ka.ku.no.ko.u.e.n.e./a.so.bi.ni./i.tta.mo.no.de.su.

記得小時候，大家經常一起去附近的公園玩。

track 024

～たら
假設；如果…就…；…了…就…；一旦；勸誘

接　續

[名]＋だったら

[な形－○]＋だったら

[い形－○]＋かったら

[動－た形]＋ら

024 **track** 跨頁共同導讀

例 句

例 雨が降ったら、行きません。

a.me.ga.fu.tta.ra./i.ki.ma.se.n.

如果下雨就不去。

例 値段が高かったら、買わない。

ne.da.n.ga./ta.ka.ka.tta.ra./ka.wa.na.i.

要是很貴的話，就不買。

例 いい天気だったら、東京スカイツリーが見えます。

i.i.te.n.ki.da.tta.ra./to.u.kyo.u.su.ka.i.tsu.ri.i.ga./mi.e.ma.su.

如果天氣好的話，可以看見東京天空樹。

例 空港に着いたら、電話をください。

ku.u.ko.u.ni./tsu.i.ta.ra./de.n.wa.o./ku.da.sa.i.

要是到了機場以後，請打電話給我。

たら／ば／ては
如何（口語說法）

接 續

たらどうですか→たら

ばいいですよ→ば

てはどうですか→ては

文法篇

單字篇

track 跨頁共同導讀 024

比　較

「たら／ば／ては」是口語的說法。具有建議、規勸對方的意思。

例　句

例 難しい仕事だから、部長に聞いてみたら。
mu.zu.ka.shi.i.shi.go.to.da.ka.ra./bu.cho.u.ni./ki.i.te.mi.ta.ra.
這個工作很難，要不要去請教部長？

(部長に聞いてみたらどうですか。)

例 メールしてみれば。
me.e.ru.shi.te.mi.re.ba.
乾脆傳個簡訊(電子郵件)吧？

(メールしてみればいいですよ。)

例 自分でやってみては。
ji.bu.n.de./ya.tte.mi.te.wa.
要不要自己做做看呢？

(自分でやってみてはどうですか。)

track 025

～ちゃ／じゃ／きゃ
では、てしまう、でしまう的口語縮約形

接　續

では→じゃ
てしまう→ちゃう

025 **track** 跨頁共同導讀

でしまう→じゃう
てはいけない→ちゃいけない
ではいけない→じゃいけない
なくてはいけない→なくちゃいけない
なければならない→なきゃならない

例 句

例 あんまり好きじゃない。
a.n.ma.ri./su.ki.ja.na.i.
不太喜歡。

（あんまり好きではない。）

例 冬休みが終わっちゃった。
fu.yu.ya.su.mi.ga./o.wa.ccha.tta.
寒假結束了。

（冬休みが終わってしまった。）

例 ここで走っちゃいけないよ。
ko.ko.de./ha.shi.ccha.i.ke.na.i.yo.
不可以在這裡奔跑。

（ここで走ってはいけないよ。）

例 仕事をしなくちゃいけない。
shi.go.to.o./shi.na.ku.cha.i.ke.na.i.
不工作不行。

（仕事をしなくてはいけない。）

track 跨頁共同導讀 025

つい
不知不覺

接　續

「つい」是副詞。

例　句

例 退屈な授業なので、つい眠ってしまった。
ta.i.ku.tsu.na./ju.gyo.u.na.no.de./tsu.i.ne.mu.tte.shi.ma.tta.
因為上課太無聊，不知不覺就睡著了。

例 ダイエットしていながら、ついケーキを食べてしまった。
da.i.e.tto.shi.te.i.na.ga.ra./tsu.i.ke.e.ki.o./ta.be.te.shi.ma.tta.
雖然在減肥，還是忍不住吃了蛋糕。

 track 026

～っけ
是不是…來著

接　續

[動詞、名詞、い形、な形]普通形＋っけ
通常用「たっけ」「だっけ」的形態出現

比　較

口語用法；也可以用「～でしたっけ」「～ましたっけ」。

026 **track** 跨頁共同導讀

例 句

例 そうだ。今日は田中さんの誕生日だっけ。

so.u.da./kyo.u.wa./ta.na.ka.sa.n.no./ta.n.jo.u.bi.da.kke.

對了，今天是田中的生日對嗎？

～って
叫…的；…是…；引用；反問

接 續

[名]＋って

[い形－普通形]＋って

[動－普通形]＋(の)＋って

[引用聽到的話]＋って

例 句

例 これ、穂村弘って作家の書いた本です。

ko.re./ho.mu.ra.hi.ro.shi.tte./sa.kka.no./ka.i.ta.ho.n.de.su.

這是一位叫穂村弘的作家寫的書。

例 ECFAって、何のことですか。

e.c.f.a.tte./na.n.no.ko.to.de.su.ka.

ECFA是什麼東西啊？

例 彼女はすぐ来るって言っていますよ。

ka.no.jo.wa./su.gu.ku.ru.tte.i.tte.i.ma.su.yo.

她說她馬上就會來了。

track 跨頁共同導讀 026

Ⓐ これ、どこで買ったの。

ko.re./do.ko.de./ka.tta.no.

這是在哪裡買的？

Ⓑ どこって、隣のスーパーだよ。

do.ko.tte./to.na.ri.no.su.u.pa.a.da.yo.

在哪？隔壁的超市啦。

 track 027

〜っぽい
像…；有…的感覺

接　續

[名]＋っぽい

[動－ます形]＋っぽい

比　較

「っぽい」是像該種類，但實際並非該類。比如說「男っぽい」是說像男孩，但其實形容的對象人是女孩，並非真的男孩。若是形容的主詞很符合該類的形象，則會用「らしい」，比如說男生很有男子氣概，就會說「男らしい」。

例　句

例 彼は忘れっぽくて困る。

ka.re.wa./wa.su.re.ppo.ku.te./ko.ma.ru.

他很健忘，真拿他沒辦法。

027 **track** 跨頁共同導讀

例 40にもなって、そんな事で怒るなんて子どもっぽいね。

yo.n.ju.u.ni.mo.na.tte./so.n.na.ko.to.de./o.ko.ru.na.n.te./ko.do.mo.ppo.i.ne.

都40歳了，還為那種小事生氣，真是孩子氣。

～つもりだ
打算、準備

接 續

[動－辞書形]＋つもりだ

[動－ない形]＋つもりだ

比 較

用來表示較強、確定程度較高的事情。否定可以用「動－ない形＋つもりだ」或「動－辞書形＋つもりはない」。

例 句

例 （私は）来週新しい車を買うつもりです。

wa.ta.shi.wa./ra.i.shu.u./a.ta.ra.shi.i.ku.ru.ma.o./ka.u.tsu.mo.ri.de.su.

我打算下週要買新車。

例 正月には旅行するつもりはありません。

sho.u.ga.tsu.ni.wa./ryo.ko.u.su.ru.tsu.mo.ri.wa./a.ri.ma.se.n.

過年的時候沒有去旅行的打算。

track 跨頁共同導讀 027

例 正月には旅行しないつもりです。

sho.u.ga.tsu.ni.wa./ryo.ko.u.shi.na.i./tsu.mo.ri.de.su.

過年的時候不打算去旅行。

～つもりで

打算；想好

接　續

[動－辞書形]＋つもりで

[動－ない形]＋つもりで

例　句

例 金を稼ぐつもりで競馬場に行った。

ka.ne.o./ka.se.gu./tsu.mo.ri.de./ke.i.ba.jo.u.ni./i.tta.

抱著賺大錢的決心去賽馬場。

例 今回の試合には絶対負けないつもりで練習に励んできた。

ko.n.ka.i.no./shi.a.i.ni.wa./ze.tta.i./ma.ke.na.i./tsu.mo.ri.de./re.n.shu.u.ni./ha.ge.n.de.ki.ta.

這次的比賽，抱著決不能輸的決心，努力練習至今。

028 **track**

～てほしい（んだけれど）

希望…；想…

接　續

[動－て形]＋ほしい（んだけれど）／（だけど）

比　較

也可以用「名＋がほしいんですが」的句型。

例　句

例 今日は早く帰ってきて欲しいんだけど。

kyo.u.wa./ha.ya.ku./ka.e.tte.ki.te./ho.shi.i.n.da.ke.do.

希望你今天能早點回來。

～的

…上的；…式的；關於…

接　續

[名]＋的

例　句

例 現実的には不可能だ。

ge.n.ji.tsu.te.ki.ni.wa./fu.ka.no.u.da.

在現實面上是不可能的。

track 跨頁共同導讀 028

例 教育的な見地から見る。

kyo.u.i.ku.te.ki.na./ke.n.chi.ka.ra.mi.ru.

從教育的觀點來看。

～て初めて
在…之後才

接續

[動－て形]＋初めて

例句

例 病気になって初めて健康のありがたさが分かる。

byo.u.ki.ni.na.tte./ha.ji.me.te./ke.n.ko.u.no./a.ri.ga.ta.sa.ga./wa.ka.ru.

生病之後才知道健康的可貴。

029 **track**

～ても／でも
即使…也…

接續

[動ーて形]＋も(否定為：否定形＋なくても)

[い形ーく]＋ても(否定為：否定形＋なくても)

[な形ー○]＋でも(否定為：～ではなくても)

[名]＋でも(否定為：～ではなくても)

例 句

例 たくさん食べても、太りません。

ta.ku.sa.n.ta.be.te.mo./fu.to.ri.ma.se.n.

吃很多也不會胖。

例 高くても、私はそのスマートフォンを買いたいです。

ta.ka.ku.te.mo./wa.ta.shi.wa./so.no.su.ma.a.to.fo.n.o./ka.i.ta.i.de.su.

就算很貴，我還是想買那個智慧型手機。

例 静かでなくても、すぐ寝られます。

shi.zu.ka.de.na.ku.te.mo./su.gu.ne.ra.re.ma.su.

就算不安靜，還是能馬上睡著。

track 跨頁共同導讀 029

～てる／てく／とく
ている、ていく、ておく的口語縮約形

接　續

ている→てる

ていく→てく

ておく→とく

例　句

例 何をしてるの。

na.ni.o./shi.te.ru.no.

你在幹什麼。

（何をしているの。）

例 車で送ってくよ。

ku.ru.ma.de./o.ku.tte.ku.yo.

我開車送你過去吧。

（車で送っていくよ。）

例 私の分も残しといてね。

wa.ta.shi.no.bu.n.mo./no.ko.shi.to.i.te.ne.

記得留一份給我喔。

（私の分も残しておいてね。）

029 **track** 跨頁共同導讀

～ということだ
據說…；就是…

接　續

[動詞、名詞（だ）、い形、な形－○（だ）]普通形＋ということだ

[命令、意向、推量、禁止]＋ということだ

比　較

意同「～とのことだ」。

例　句

例 ニュースによると、今年の夏はあまり暑くならないということです。

nyu.u.su.ni.yo.ru.to./ko.to.shi.no.na.tsu.wa./a.ma.ri./a.tsu.ku.na.ra.na.i./to.i.u.ko.to.de.su.

據新聞報導，今年夏天不會太熱。

例 彼のメールでは、今年のお盆の休みに実家に帰るとのことだ。

ka.re.no.me.e.ru.de.wa./ko.to.shi.no./o.bo.n.no.ya.su.mi.ni./ji.kka.ni.ka.e.ru./to.no.ko.to.da.

根據他的電子郵件，今年的盂蘭盆節會回老家。

例 エントリーした企業から連絡がないのは不採用ということですか。

e.n.to.ri.i.shi.ta./ki.gyo.u.ka.ra./re.n.ra.ku.ga.na.i.no.wa./fu.sa.i.yo.u./to.i.u.ko.to.de.su.ka.

沒接到應徵的企業聯絡的話就是沒被錄用嗎？

文法篇　單字篇

 track 030

～ということになる
決定…；也就是說…

接續

[名]＋ということになる

[動－辞書形]＋(という)ことになる

[動－ない形]＋ない＋(という)ことになる

比較

「～ことになる」是對將來的某種行為做出決定或共識，結論帶有自然而然形成的意思。而「～ことにする」則是某人做出決定或下定決心。

例句

例 今度東京本社に行くことになりました。

ko.n.do./to.u.kyo.u.ho.n.sha.ni./i.ku.ko.to.ni./na.ri.ma.shi.ta.

這次我要調到東京總公司了。

例 二人でよく話し合った結果、やはり離婚ということになりました。

fu.ta.ri.de./yo.ku.ha.na.shi.a.tta.ke.kka./ya.ha.ri./ri.ko.n.to.i.u.ko.to.ni./na.ri.ma.shi.ta.

兩個人好好商量的結果，還是決定要離婚。

例 海外に留学するの。じゃあ、就職しないことになるの。

ka.i.ga.i.ni./ryu.u.ga.ku.su.ru.no./ja.a./shu.u.sho.ku.shi.na.i.ko.to.ni./na.ru.no.

你要去國外留學？那麼也就是不打算工作囉？

030 **track** 跨頁共同導讀

どうしても
無論如何；怎麼也

接續

「どうしても」是副詞。

例 句

例 この問題はどうしても分からない。
ko.no.mo.n.da.i.wa./do.u.shi.te.mo./wa.ka.ra.na.i.
這問題我怎麼也想不通。

例 明日はどうしても私のうちに来てください。
a.shi.ta.wa./do.u.shi.te.mo./wa.ta.shi.no.u.chi.ni./ki.te.ku.da.sa.i.
你明天無論如何一定要到我家來一趟。

031 **track**

どうやら
好歹；好不容易才；大概；多半

接續

「どうやら」是副詞。

例 句

例 どうやら就職できそうだ。
do.u.ya.ra./shu.u.sho.ku.de.ki.so.u.da.
總算是找到工作了。

track 跨頁共同導讀 031

<ruby>例<rt></rt></ruby> どうやら風邪<rt>か ぜ</rt>を引<rt>ひ</rt>いたようだ。

do.u.ya.ra./ka.ze.o./hi.i.ta.yo.u.da.

好像是感冒了。

〜ところだった
險些…；那可就…；差一點就…

接續

[動－辞書形]＋ところだった

[動－て形]＋いたところだった

例句

<ruby>例<rt></rt></ruby> あなたに大事<rt>だい じ</rt>な話<rt>はなし</rt>があるのを思<rt>おも</rt>い出<rt>だ</rt>しました。
うっかり忘<rt>わす</rt>れるところでした。

a.na.ta.ni./da.i.ji.na.ha.na.shi.ga.a.ru.no.o./o.mo.i.da.shi.ma.shi.ta./u.
kka.ri./wa.su.re.ru./to.ko.ro.de.shi.ta.

我想到有重要的事要跟你說，差點就忘了。

<ruby>例<rt></rt></ruby> もう少<rt>すこ</rt>しで車<rt>くるま</rt>にはねられるところだった。

mo.u.su.ko.shi.de./ku.ru.ma.ni./ha.ne.ra.re.ru./to.ko.ro.da.tta.

差一點就被車子撞到了。

〜ところに
正當…的時候

接續

[動－辞書形]＋ところに

[動－た形]＋ところに

[動－ている]＋ところに ●track 031

[い形－い]＋ところに

比　較

表示主詞在進行某件事時，發生了其他的事情。

和「～ところへ」「～ところを」相同。

例　句

例 私が音楽を聞いているところに、お客さんが来た。

wa.ta.shi.ga./o.n.ga.ku.o./ki.i.te.i.ru.to.ko.ro.ni./o.kya.ku.sa.n.ga.ki.ta.

我正在聽音樂的時候，客人來了。

 032 **track**

～ところへ
正當…的時候

接　續

[動－辞書形]＋ところへ

[動－た形]＋ところへ

[動－ている]＋ところへ

[い形－い]＋ところへ

比　較

「ところへ」後面通常是加移動動詞，如「来る」「行く」等。

track 跨頁共同導讀 032

例 句

例 いいところへ来ましたね。今ちょうど良いお酒が手に入ったんです。一緒に飲みましょう。

i.i.to.ko.ro.e./ki.ma.shi.ta.ne./i.ma.cho.u.do./yo.i.o.sa.ke.ga./te.ni.ha.i.tta.n.de.su./i.ssho.ni./no.mi.ma.sho.u.

你來得正好，我剛好有一瓶好酒，要不要一起喝一杯？

～ところを
正當…的時候

接 續

[動－辞書形]＋ところを

[動－た形]＋ところを

[動－ている]＋ところを

[い形－い]＋ところを

比 較

「～ところを」後面通常是接受身或是使役形。

例 句

例 仕事中に居眠りしているところを課長に見られた。

shi.go.to.chu.u.ni./i.ne.mu.ri.shi.te.i.ru.to.ko.ro.o./ka.cho.u.ni./mi.ra.re.ta.

工作正在打瞌睡的時候被課長看見了。

032 **track** 跨頁共同導讀

～としたら
如果…；從…方面來考慮；既然…

接　續

[動詞、名詞、い形、な形]普通形＋としたら

比　較

也可以用「～とすれば」的句型。

例　句

例 もし今日が自分の人生最後の日だとしたら、何を
したいですか。

mo.shi.kyo.u.ga./ji.bu.n.no.ji.n.se.i.sa.i.go.no.hi.da.to.shi.ta.ra./na.ni.
o./shi.ta.i.de.su.ka.

如果今天是自己人生最後一天，想做什麼？

例 プロが無理だとしたら、少年野球の監督でもいい
んです。

pu.ro.ga.mu.ri.da.to.shi.ta.ra./sho.u.ne.n.ya.kyu.u.no./ka.n.to.ku.de.mo.
i.i.n.de.su.

既然不能成為職業選手，那麼當青少棒的教練也可以。

～として／としては
作為…；以…的立場；以…來說

接　續

[名]＋として／としては

track 跨頁共同導讀 032

例 句

例 趣味としてフランス語を勉強している。
shu.mi.to.shi.te./fu.ra.n.su.go.o./be.n.kyo.u.shi.te.i.ru.
把學法語當成興趣。

例 彼としては、辞める以外に仕方がなかったので
しょう。
ka.re.to.shi.te.wa./ya.me.ru.i.ga.i.ni./shi.ka.ta.ga./na.ka.tta.no.de.sho.u.
後他的立場來說，除了辭職沒有別的辦法了。

例 彼は日本人としては背の高い方です。
ka.re.wa./ni.ho.n.ji.n.to.shi.te.wa./se.no.ta.ka.i.ho.u.de.su.
以日本人來說他算是個子高的。

～としても
即使…也

接 續

[動－普通形]＋としても

[い形－普通形]＋としても

[な形－〇]＋(だ)としても

[名]＋(だ)としても

例 句

例 今からタクシーに乗ったとしても、間に合いそう
もない。
i.ma.ka.ra./ta.ku.shi.i.ni./no.tta.to.shi.te.mo./ma.ni.a.i.so.u.mo.na.i.
就算現在坐計程車去，應該也來不及。

032 **track** 跨頁共同導讀

例 旅行するとしても、来年以降です。

ryo.ko.u.su.ru.to.shi.te.mo./ra.i.ne.n.i.ko.u.de.su.

就算要去旅行，也是明年以後的事。

033 **track**

～とても～ない
根本…不…

接續

「とても」是副詞。

例 句

例 こんな難しい問題はとても私には解けません。

ko.n.na./mu.zu.ka.shi.i.mo.n.da.i.wa./to.te.mo./wa.ta.shi.ni.wa./to.ke.ma.se.n.

這麼困難的問題，我實在是無法解決。

～とともに
和…一起；與…同時

接續

[名]＋とともに

[動－辞書形]＋とともに

track 跨頁共同導讀 033

例 句

例 仲間とともに勉強に励んでいる。

na.ka.ma.to.to.mo.ni./be.n.kyo.u.ni./ha.ge.n.de.i.ru.

和夥伴一起努力念書。

例 スマートフォンの普及とともに、パソコンは
衰退した。

su.ma.a.to.fo.n.no./fu.kyu.u.to.to.mo.ni./pa.so.ko.n.wa./su.i.ta.i.shi.ta.

隨著智慧型手機普及，個人電腦則衰退了。

例 年をとるとともに、体力が衰えてきた。

to.shi.o./to.ru.to.to.mo.ni./ta.i.ryo.ku.ga./o.to.ro.e.te./ki.ta.

隨著年齡增長，體力也逐漸衰退。

034 **track**

な行

ながら
但是…

接 續

[名]＋ながら

[な形－○]＋ながら

[い形－い]＋ながら

[動－ます形]＋ながら

比 較

「ながら」也有「一邊…一邊…」的意思，接續方法是「[動－ます形]＋ながら」。

例 句

例 残念ながら明日学校に行けそうにありません。
za.n.ne.n.na.ga.ra./a.shi.ta./ga.kko.u.ni./i.ke.so.u.ni./a.ri.ma.se.n.
很遺憾明天無法去學校。

(「残念ながら」為慣用用法，表示「很遺憾」、「很可惜」)

例 彼は何もかも知っていながら教えてくれない。
ka.re.wa./na.ni.mo.ka.mo./shi.tte.i.na.ga.ra./o.shi.e.te.ku.re.na.i.
他雖然什麼都知道，卻不告訴我。

文法篇

單字篇

track 跨頁共同導讀 034

例 狭いながらもようやく自分の部屋を持つことができた。

se.ma.i.na.ga.ra.mo./yo.u.ya.ku./ji.bu.n.no./he.ya.o./mo.tsu.ko.to.ga./de.ki.ta.

雖然很小，但終於擁有了自己的房間。

例 子供ながら、しっかりとした挨拶であった。

ko.do.mo.na.ga.ra./shi.kka.ri.to.shi.ta./a.i.sa.tsu.de.a.tta.

雖然是孩子，但是很得體的打招呼。

なかなか
很、相當、（不）容易

接續

「なかなか」是副詞。

例 句

例 今年の夏はなかなかの暑さですね。

ko.to.shi.no.na.tsu.wa./na.ka.na.ka.no./a.tsu.sa.de.su.ne.

今年的夏天真熱啊。

例 この問題は難しくてなかなかできない。

ko.no.mo.n.da.i.wa./mu.zu.ka.shi.ku.te./na.ka.na.ka.de.ki.na.i.

這問題很難怎麼也解不出來。

034 **track** 跨頁共同導讀

～なくては／なくちゃ／ないと
不能…；非得要…（口語）

接　續

なくてはいけない→なくては

なくちゃいけない→なくちゃ

ないといけない→ないと

比　較

「なくては／なくちゃ／ないと」是屬於口語中縮短句子的形式。

例　句

例 本当は早く返さなくては。

ho.n.to.u.wa./ha.ya.ku./ka.e.sa.na.ku.te.wa.

其實早就該還的。

例 彼に謝らなくちゃ。

ka.re.ni./a.ya.ma.ra.na.ku.cha.

得向他道歉才行。

例 もうこんな時間、急がないと。

mo.u./ko.n.na.ji.ka.n./i.so.ga.na.i.to.

都這麼晚了，要快點才行。

 **track** 035

〜などと（なんて）いう／などと（なんて）思う

…之類的

接　續

[動、い形、な形、名詞]普通形＋などと（なんて）いう／などと（なんて）思う

例　句

例 会社を辞めるなどと言って、皆を困らせている。
ka.i.sha.o./ya.me.ru.na.do.to.i.tte./mi.na.o./ko.ma.ra.se.te.i.ru.
說什麼要辭職，造成大家的困擾。

例 こんな日が来るなんて、夢にも思わなかった。
ko.n.na.hi.ga./ku.ru.na.n.te./yu.me.ni.mo./o.mo.wa.na.ka.tta.
做夢都沒有想過，竟然會有這一天。

〜に関する

關於…

接　續

[名]＋に関する

比　較

和「〜について」的意思相同。

035 **track** 跨頁共同導讀

例 句

例 デザインに関する知識を深めたい。

de.za.i.ni./ka.n.su.ru.chi.shi.ki.o./fu.ka.me.ta.i.

希望能增加設計相關的知識。

例 彼に関する悪い噂を聞いた。

ka.re.ni./ka.n.su.ru./wa.ru.i./u.wa.sa.o./ki.i.ta.

聽到關於他不好的傳言。

例 それに関しては彼の方から詫びを入れてきた。

so.re.ni./ka.n.shi.te.wa./ka.re.no.ho.u.ka.ra./wa.bi.o./i.re.te.ki.ta.

關於那件事已得到了他的道歉。

例 この問題に関して先生とは真っ向から意見が対立
している。

ko.no.mo.n.da.i.ni./ka.n.shi.te./se.n.se.i.to.wa./ma.kko.u.ka.ra./i.ke.n.
ga./ta.i.ri.tsu.shi.te.i.ru.

關於這個問題，我和老師的意見對立。

文法篇

單字篇

track 036

～に加<ruby>え<rt>くわ</rt></ruby>て／に加<ruby>え<rt>くわ</rt></ruby>
除了…再加上

接　續

[名]＋に加<ruby>え<rt>くわ</rt></ruby>て／に加<ruby>え<rt>くわ</rt></ruby>

例　句

例　大豆価格の高騰に加え、原油価格の高騰等により
運賃や包装資材価格が上昇している。

da.i.zu.ka.ka.ku.no./ko.u.to.u.ni.ku.wa.e./ge.n.yu.ka.ka.ku.no./ko.u.to.
u.na.do.ni.yo.ri./u.n.chi.n.ya./ho.u.so.u.shi.za.i.ka.ka.ku.ga./jo.u.sho.u.
shi.te.i.ru.

除了大豆價格高漲外，原油價格居高不下等原因造成海運
費用和包裝材料等的價格也一直上昇。

例　光熱費に加えて、ガソリンまでが値上がりした。

ko.u.ne.tsu.hi.ni.ku.wa.e.te./ga.so.ri.n.ma.de.ga./ne.a.ga.ri.shi.ta.

電費瓦斯費之外，連汽油都漲價了。

～に過<ruby>ぎ<rt>す</rt></ruby>ない
只不過是…；只是…

接　續

[動－普通形]＋に過<ruby>ぎ<rt>す</rt></ruby>ない

[な形－である]＋に過<ruby>ぎ<rt>す</rt></ruby>ない

[名／名－である]＋に過<ruby>ぎ<rt>す</rt></ruby>ない

036 **track** 跨頁共同導讀

例 句

例 あれはただの口実に過ぎない。
a.re.wa./ta.da.no./ko.u.ji.tsu.ni./su.gi.na.i.
那不過是藉口。

例 私は役員としてしなければならないことをしたに過ぎません。
wa.ta.shi.wa./ya.ku.i.n.to.shi.te./shi.na.ke.re.ba.na.ra.na.i.ko.to.o./shi.ta.ni.su.gi.ma.se.n.
我只是盡身為政府官員的本分。

例 田中さんは名前だけの部長に過ぎない。
ta.na.ka.sa.n.wa./na.ma.e.da.ke.no./bu.cho.u.ni./su.gi.na.i.
田中先生不過是名義上的部長。

〜にする
決定

接　續

[名]＋にする

[動－名詞修飾形]＋ことにする

例 句

例 今度のリーダーは田中さんにしよう。
ko.n.do.no./ri.i.da.a.wa./ta.na.ka.sa.n.ni.shi.yo.u.
這次就決定選田中先生當隊長吧。

文法篇

單字篇

track 跨頁共同導讀 036

例 体調が悪くなったので旅行は止めることにします。

ta.i.cho.u.ga./wa.ru.ku.na.tta.no.de./ryo.ko.u.wa./ya.me.ru.ko.to.ni./shi.ma.su.

因為身體狀況變差，所以決定不去旅行了。

track 037

〜に対し
對於…；對…

接續

[名]＋に対し

比較

和「〜に対して（は）」「〜に対しても」「〜に対する」相同。

例句

例 あの方の学識に対し十分敬意を抱いております。

a.no.ka.ta.no./ga.ku.shi.ki.ni./ta.i.shi./ju.u.bu.n.ke.i.i.o./i.da.i.te.o.ri.ma.su.

我對他的學識持有十分高的敬意。

例 心理学に対して非常に興味をもっている。

shi.n.ri.ga.ku.ni./ta.i.shi.te./hi.jo.u.ni./kyo.u.mi.o./mo.tte.i.ru.

對心理學很有興趣。

037 **track** 跨頁共同導讀

例 何に対してもやる気が出ない。
na.ni.ni./ta.i.shi.te.mo./ya.ru.ki.ga./de.na.i.
不管對什麼都提不起勁。

例 相手に対する思いやりこそが本当のマナーです。
a.i.te.ni./ta.i.su.ru./o.mo.i.ya.ri.ko.so.ga./ho.n.to.u.no./ma.na.a.de.su.
能夠體貼對方才是真正的禮貌。

～に違いない
一定是…；必定是…

接續

[動詞、い形]普通形＋に違いない

[な形－○]＋に違いない

[名]＋に違いない

比較

和「～に相違ない」意思相同，但較為強硬、斷定。

例句

例 彼はそれをしたに違いない。
ka.re.wa./so.re.o./shi.ta.ni./chi.ga.i.na.i.
一定是他做的。

例 彼の家はこの辺に違いない。
ka.re.no./i.e.wa./ko.no.he.n.ni./chi.ga.i.na.i.
他家一定在這附近沒錯。

track 038

～について（は）
關於…

接　續

[名]＋について（は）

比　較

和「につき」「についても」「についての」相同。

例句

例 この件について質問はありませんか。
ko.no.ke.n.ni.tsu.i.te./shi.tsu.mo.n.wa./a.ri.ma.se.n.ka.
關於這件事有疑問嗎？

例 彼はマーケティングについての講演をした。
ka.re.wa./ma.a.ke.ti.n.gu.ni./tsu.i.te.no.ko.u.e.n.o./shi.ta.
他做了一場關於市場銷售的演講。

例 環境問題についても意見を述べる。
ka.n.kyo.u.mo.n.da.i.ni./tsu.i.te.mo./i.ke.n.o./no.be.ru.
關於環保問題也一併陳述自己的意見。

例 その事故につき、ご説明いたします。
so.no.ji.ko.ni.tsu.ki./go.se.tsu.me.i.i.ta.shi.ma.su.
關於那件事故，由我做說明。

038 **track** 跨頁共同導讀

文法篇

單字篇

～になれる
習慣…

接　續

[名]＋になれる

例　句

例 アメリカの生活になれましたか。
a.me.ri.ka.no./se.i.ka.tsu.ni./na.re.ma.shi.ta.ka.
習慣美國的生活了嗎？

～によって（は）／により
由於…；根據…；利用…；按照…

接　續

[名]＋によって

比　較

和「～により」「～による」「～によっては」相同。

例　句

例 重さによって値段が違う。
o.mo.sa.ni.yo.tte./ne.da.n.ga.chi.ga.u.
根據重量，價格也不同。

track 跨頁共同導讀 038

例 天候不良により飛行機は飛べなかった。
te.n.ko.u.fu.ryo.u.ni./yo.ri./hi.ko.u.ki.wa./to.be.na.ka.tta.
因為天氣不佳所以飛機停飛。

例 がんによる死亡率が増加している。
ga.n.ni.yo.ru./shi.bo.u.ri.tsu.ga./zo.u.ka.shi.te.i.ru.
因癌症造成的死亡比例持續上升。

track 039

～によると
據…說；根據…

接續

[名]＋によると

比較

和「～によれば」相同。

例句

例 聞くところによると彼は会社を辞めるとのことだ。
ki.ku.to.ko.ro.ni.yo.ru.to./ka.re.wa./ka.i.sha.o./ya.me.ru./to.no.ko.to.da.
聽說他要辭職了。

039 **track** 跨頁共同導讀

～のだ
(因為)是…；是…的

接　續

[動、い形、な形、名詞]普通形＋のだ

但名、な形不加だ，而是[名]＋なのだ；[な形－○]＋なのだ

比　較

口語中常變成「～んだ」。用來陳述事情的理由或原因。

例　句

A どうしたのですか。

do.u.shi.ta.no.de.su.ka.

你怎麼了？

B 気分が悪いのです。

ki.bu.n.ga./wa.ru.i.no.de.su.

我身體不舒服。

例 そこで何をしているんですか。

so.ko.de./na.ni.o./shi.te.i.ru.n.de.su.ka.

你在那裡做什麼？

track 跨頁共同導讀 039

～のだろう

是…吧

接　續

[動、い形、な形、名詞]普通形＋のだろう

但名、な形不加だ，而是[名]＋なのだろう；[な形－○]＋
なのだろう

比　較

是根據情況做出對理由、原因的推斷。

例　句

 彼女は嬉しそうだ。何かいいことがあったのだろ
う。

ka.no.jo.wa./u.re.shi.so.u.da./na.ni.ka./i.i.ko.to.ga./a.tta.no.da.ro.u.

她好像很開心，應該是有什麼好事吧。

track 040

～（の）ではないだろうか／（の）ではないかと思う

不是…嗎；我想…吧

接　續

[動、い形、な形、名詞]名詞修飾形＋（の）ではないだろ
うか

040 **track** 跨頁共同導讀

比　較

表示說話者的意見，是對某件事下的判斷或預測。

例　句

例 買わなかったのは私だけではないだろうか。
ka.wa.na.ka.tta.no.wa./wa.ta.shi./da.ke.de.wa.na.i./da.ro.u.ka.
該不會只有我沒買吧。

例 こんなうまい話は、嘘ではないかと思う。
ko.n.na.u.ma.i.ha.na.shi.wa./u.so.de.wa.na.i.ka./to.o.mo.u.
這麼好的事，我想該不會是騙人的吧。

～のに
明明…卻

接　續

[動、い形、な形、名詞]普通形＋のに
但な形、名詞不接だ，而是接なのに

比　較

表示逆接，結果出乎意料，或帶有不滿的意思。

例　句

例 少ししか食べなかったのに、太ってしまった。
su.ko.shi.shi.ka./ta.be.na.ka.tta.no.ni./fu.to.tte.shi.ma.tta.
明明只吃了一點點，卻還是胖了。

track 跨頁共同導讀 040

例 もう10月なのに、とても暑いです。

mo.u.ju.u.ga.tsu.na.no.ni./to.te.mo./a.tsu.i.de.su.

明明都10月了，還這麼熱。

～のに
為了…；用來…

接　續

[動－名詞修飾形]＋のに

比　較

用來表示目的。

例 句

例 この部屋は静かで仕事するのにいいです。

ko.no.he.ya.wa./shi.zu.ka.de./shi.go.to.su.ru.no.ni./i.i.de.su.

這間房間很安靜，很適合用來工作。

例 部屋を片付けるのに一日かかった。

he.ya.o./ka.ta.zu.ke.ru.no.ni./i.chi.ni.chi.ka.ka.tta.

為了整理房間花了一整天的時間。

041 **track**

は行

～ば～ほど
越…越…

接　續

[動－ば]＋[動－辞書形]＋ほど

[い形－ければ]＋[い形－い]＋ほど

[な形－なら/であれば]＋[な形－な/である]＋ほど

[名－なら/であれば]＋[名－である]＋ほど

例　句

例 失敗すればするほど、成功に近づいている。
shi.ppa.i.su.re.ba./su.ru.ho.do./se.i.ko.u.ni./chi.ka.zu.i.te.i.ru.
越是失敗，離成功越近。

～ばいい
就可以…；…該有多好

接　續

[動－ば]＋いい

[い形－ければ]＋いい

[な形－なら/であれば]＋いい

[名－なら/であれば]＋いい

track 跨頁共同導讀 041

比　較

和「～たらいい」「～といい」意思相同。

例　句

例 お金が無いのなら、両親に借りればいいじゃない。

o.ka.ne.ga./na.i.no.na.ra./ryo.u.shi.n.ni./ka.ri.re.ba./i.i.ja.na.i.

你沒有錢的話，向父母借不就好了。

例 もう少し暇ならいいのに。

mo.u.su.ko.shi./hi.ma.na.ra.i.i.no.ni.

要是能再多點空閒就好了。

～ばかり
總是…；老是…；盡是…

接　續

[名]＋（助詞＋）ばかり

[動－て形]＋ばかりいる

例　句

例 彼はいつも文句ばかり言っている。

ka.re.wa./i.tsu.mo./mo.n.ku.ba.ka.ri./i.tte.i.ru.

他總是在抱怨。

例 遊んでばかりいないで、勉強しなさい。

a.so.n.de.ba.ka.ri.i.na.i.de./be.n.kyo.u.shi.na.sa.i.

不要只顧著玩，念點書吧。

 042 **track**

〜ばかりで
老是…；盡是…

接 續

[な形－○]＋な＋ばかりで
[い形－い]＋ばかりで
[動－辞書形]＋ばかりで

例 句

例 課長は言うばかりで自分では何もしない。
ka.cho.u.wa./i.u.ba.ka.ri.de./ji.bu.n.de.wa./na.ni.mo./shi.na.i.
課長只會耍嘴皮子，什麼都不會做。

〜はじめる
開始…

接 續

[動－ます形]＋はじめる

例 句

例 山田先生が英語を教え始めたのは10年前です。
ya.ma.da.se.n.se.i.ga./e.i.go.o./o.shi.e.ha.ji.me.ta.no.wa./ju.u.ne.n.ma.e.de.su.
山田老師開始教英文是在10年前。

文法篇

單字篇

track 跨頁共同導讀 042

～はずだ
應該

接　續

[動、い形、な形、名詞]普通形＋はずだ

但な形是[な形－な]＋はずだ

名詞是[名－の]＋はずだ

基本上不使用過去式。

比　較

有確切的根據而推斷事情應當如何發展。

例　句

 今日は月曜日だから、美術館は休みのはずだ。

kyo.u.wa./ge.tsu.yo.u.bi.da.ka.ra./bi.ju.tsu.ka.n.wa./ya.su.mi.no./ha.zu.
da.

今天是星期一，美術館應該是休館。

track 043

～はんめん
另一方面

接　續

[動、い形、な形、名詞]名詞修飾形＋はんめん

但名詞用[名－である]＋はんめん

な形也可以用[な形－である]＋はんめん

043 **track** 跨頁共同導讀

例句

例 先生は優しい反面、厳しいところもある。

se.n.se.i.wa./ya.sa.shi.i.ha.n.me.n./ki.bi.shi.i.to.ko.ro.mo.a.ru.

老師很溫柔，但也有嚴格的一面。

例 彼はわがままな反面、根性がある。

ka.re.wa./wa.ga.ma.ma.na./ha.n.me.n./ko.n.jo.u.ga.a.ru.

他很任性，但另一方面也具有毅力。

例 彼はがんこものである反面、涙もろい性格だ。

ka.re.wa./ga.n.ko.mo.no.de.a.ru.ha.n.me.n./na.mi.da.mo.ro.i.se.i.ka.ku.
da.

他是個很頑固的人，但個性脆弱愛掉淚。

～ぶり
様子；狀態

接續

[名]＋ぶり

[動－ます形]＋ぶり

例句

例 彼の歌いぶりはプロのようだ。

ka.re.no./u.ta.i.bu.ri.wa./pu.ro.no./yo.u.da.

他唱歌像專業歌手一樣。

文法篇

單字篇

track 跨頁共同導讀 043

例 東^{とうきょう}京の電^{でんしゃ}車の混^{こんざつ}雑ぶりは異^{いじょう}常だ。

to.u.kyo.u.no./de.n.sha.no./ko.n.za.tsu.bu.ri.wa./i.jo.u.da.

東京電車擁擠的狀態是超乎尋常的。

～ほか（は）ない
只好…

接　續

[動－辞書形]＋ほか（は）ない

比　較

和「～（より）ほか（は）ない」「しかない」相同。

例　句

例 だれも代^かわりにやってくれる人^{ひと}がいないので、自^{じぶん}分でやるほかはない。

da.re.mo./ka.wa.ri.ni./ya.tte.ku.re.ru.hi.to.ga./i.na.i.no.de./ji.bu.n.de./ya.ru.ho.ka.wa./na.i.

沒有其他人能幫我做，只好自己來。

 track 044

～ほしい
想要…；希望…

接　續

[名]＋がほしい

044 **track** 跨頁共同導讀

[動－て形]＋ほしい

[名]に[動－て形]＋ほしい

例 句

例 もっといい車がほしい。

mo.tto.i.i./ku.ru.ma.ga./ho.shi.i.

想要有更好的車。

例 両親には、いつまでも元気で長生きしてほしい。

ryo.u.shi.n.ni.wa./i.tsu.ma.de.mo./ge.n.ki.de./na.ga.i.ki.shi.te./ho.shi.i.

希望父母能永遠健康長壽。

例 早く夏休みが始まってほしい。

ha.ya.ku./na.tsu.ya.su.mi.ga./ha.ji.ma.tte./ho.shi.i.

真希望暑假早點開始。

～ほど
表示程度

接 續

[動－辞書形]＋ほど

[動－ない形]＋ない＋ほど

[い形－い]＋ほど

[な形－な]＋ほど

[名]＋ほど

文
法
篇

單
字
篇

track 跨頁共同導讀 044

例 句

例 やりたいことが山ほどある。
ya.ri.ta.i.ko.to.ga./ya.ma.ho.do.a.ru.
想做的事積得像山一樣高。

〜ほど〜ない
沒有那麼…；沒有比…更…

接 續

[名]＋ほど〜ない

[動－普通形]＋ほど〜ない

例 句

例 今年の冬は去年ほど寒くない。
ko.to.shi.no./fu.yu.wa./kyo.ne.n.ho.do./sa.mu.ku.na.i.
今年的冬天沒有去年那麼冷。

例 試験は思っていたほど難しくなかった。
shi.ke.n.wa./o.mo.tte.i.ta.ho.do./mu.zu.ka.shi.ku.na.ka.tta.
考試沒想像中的難。

例 試験ほど嫌なものはない。
shi.ke.n.ho.do./i.ya.na.mo.no.wa./na.i.
沒有比考試更討人厭的了。

045 **track**

ま行

～まい
不會；絕不

接　續

動－辞書形＋まい

(「するまい」可寫成「すまい」；第二、三類動詞可以用
ない形接まい)

例　句

例 事態が悪化することはあるまい。

ji.ta.i.ga./a.kka.su.ru.ko.to.wa./a.ru.ma.i.

事態沒有惡化。

例 二度と行くまい。

ni.do.to./i.ku.ma.i.

不會再去。

まさか
難道；想不到

接　續

「まさか」是副詞。

文法篇

單字篇

track 跨頁共同導讀 045

例 句

例 まさか彼女が犯人だったなんて、信じられない。

ma.sa.ka./ka.no.jo.ga./ha.n.ni.n.da.tta.na.n.te./shi.n.ji.ra.re.na.i.

沒想到她會是犯人,真是難以置信。

〜ままだ／まま（で）

老樣子;就這樣…;保持原樣

接 續

[名－の]＋ままだ／まま（で）

[な形－な]＋ままだ／まま（で）

[い形－い]＋ままだ／まま（で）

[動－た形]＋ままだ／まま（で）

例 句

例 5年ぶりに会ったが、彼女は昔のままだった。

go.ne.n.bu.ri.ni./a.tta.ga./ka.no.jo.wa./mu.ka.shi.no.ma.ma.da.tta.

雖然隔了5年才見面,她還是像以前一樣。

例 彼女は、先月からずっと学校を休んだままだ。

ka.no.jo.wa./se.n.ge.tsu.ka.ra./zu.tto.ga.kko.u.o./ya.su.n.da.ma.ma.da.

她從上個月開始就一直沒來上學。

例 靴を履いたまま部屋に入らないでください。

ku.tsu.o./ha.i.ta.ma.ma./he.ya.ni./ha.i.ra.na.i.de.ku.da.sa.i.

請不要穿著鞋子進到房間裡。

045 **track** 跨頁共同導讀

例 冷房をつけたまま寝ると風邪を引くよ。

re.i.bo.u.o/tsu.ke.ta.ma.ma/ne.ru.to/ka.ze.o/hi.ku.yo.

開著冷氣睡覺的話會感冒喔。

 046 **track**

> ## 〜み
> ### 帶有…；…感

接 續

[い形－○]＋み

[な形－○]＋み

比 較

「み」是接尾詞，是將形容詞轉為名詞的用法。

例 句

例 仕事の後の楽しみは冷たいビールだ。

shi.go.to.no.a.to.no/ta.no.shi.mi.wa/tsu.me.ta.i.bi.i.ru.da.

下班後的樂趣就是冰涼的啤酒。

例 悲しみに堪えない。

ka.na.shi.mi.ni/ta.e.na.i.

承受不了悲傷。

track 跨頁共同導讀 046

～みたいだ
像…一様；好像(表推測)

接　續

[名]＋みたいだ

[な形－○]＋みたいだ

[動、い形]普通形＋みたいだ

例　句

例 すごい雨だ。まるで台風みたいだ。

su.go.i.a.me.da./ma.ru.de./ta.i.fu.u.mi.ta.i.da.

好大的雨，像颱風一樣。

例 私ばかり悪いみたいに言わないでよ。

wa.ta.shi.ba.ka.ri./wa.ru.i.mi.ta.i.ni./i.wa.na.i.de.yo.

不要說得好像都是我的錯一樣。

例 誰も彼の名前を知らないみたいだ。

da.re.mo./ka.re.no./na.ma.e.o./shi.ra.na.i.mi.ta.i.da.

好像沒人知道他叫什麼名字。

例 山田さんは甘いものが嫌いみたいだ。

ya.ma.da.sa.n.wa./a.ma.i.mo.no.ga./ki.ra.i.mi.ta.i.da.

山田先生好像討厭吃甜食。

 047 **track**

むしろ
不如說；寧可說

接　續

「むしろ」是副詞。

例　句

例 彼女は歌手というよりむしろ芸術家だ。
ka.no.jo.wa./ka.shu.to.i.u.yo.ri./mu.shi.ro./ge.i.ju.tsu.ka.da.
與其說她是歌手不如說是藝術家。

～もの／もん
因為…；由於…

接　續

[動、い形、な形、名詞]普通形＋もの／もん

例　句

例 雨が降ったんだもの。行けるわけないでしょう。
a.me.ga.fu.tta.n.da.mo.no./i.ke.ru.wa.ke.na.i.de.sho.u.
因為下雨了，所以不可能去得了啊。

例 経済の本は読まない。難しすぎるもの。
ke.i.za.i.no.ho.n.wa./yo.ma.na.i./mu.zu.ka.shi.su.gi.ru.mo.n.
我不讀經濟的書，因為很難啊。

track 跨頁共同導讀 047

～ものだ
感嘆；常識

接　續

[動、い形、な形]名詞修飾形＋ものだ

比　較

另一句型「～たものだ」表示感嘆過去的事。

例　句

例 そんなことは自分でするものです。
so.n.na.ko.to.wa./ji.bu.n.de.su.ru./mo.no.de.su.
那種事是自己做的。

例 若いころはよく山登りをしたものだ。
wa.ka.i.ko.ro.wa./yo.ku./ya.ma.no.bo.ri.o./shi.ta.mo.no.da.
年輕的時候經常去爬山。

例 一度でいいからこんなかっこういい台詞を言ってみたいものだ。
i.chi.do.de.i.i.ka.ra./ko.n.na.ka.kko.i.i.se.ri.fu.o./i.tte.mi.ta.i.mo.no.da.
只有一次也好，真想說說看這麼帥氣的台詞。

例 地震のときは、だれでも慌てるものだ。
ji.shi.n.no.to.ki.wa./da.re.de.mo./a.wa.te.ru.mo.no.da.
地震的時候，不管誰都會慌張。

048 **track**

〜ものだ
應該…的

接 續

[動－辞書形]＋ものだ

例 句

例 自分勝手なことを言うものではありません。
ji.bu.n.ka.tte.na.ko.to.o./i.u.mo.no.de.wa./a.ri.ma.se.n.
不該說任性的話。

〜ものだから
因為…；由於…

接 續

[動詞、い形、な形]名詞修飾型＋ものだから

[名－な]＋ものだから

例 句

例 彼が言わなかったものだから知らなかった。
ka.re.ga./i.wa.na.ka.tta.mo.no.da.ka.ra./shi.ra.na.ka.tta.
因為他沒說所以我不知道。

文法篇

單字篇

track 跨頁共同導讀 048

や行

～ような／ように
像…一樣

[接　續]

[動－名詞修飾形]＋ような／ように

[名－名詞修飾形]＋ような／ように

[比　較]

舉出例子的意思。「ような」是形容詞用法，「ように」是副詞用法。

[例　句]

例 ここに書いてあるように記入してください。

ko.ko.ni./ka.i.te.a.ru.yo.u.ni./ki.nyu.u.shi.te./ku.da.sa.i.

請照這裡寫的填表。

例 チョコレートのような甘いものはあまり好きではありません。

cho.ko.re.e.to.no.yo.u.na./a.ma.i.mo.no.wa./a.ma.ri./su.ki.de.wa./a.ri.ma.se.n.

不太喜歡像巧克力那樣的甜食。

049 **track**

〜ように
表示目的

接　續

[動－辞書形]＋ように

[動－ない形]＋ない＋ように

比　較

表示目的。

例　句

例 風邪を引かないように気をつけてください。

ka.ze.o./hi.ka.na.i.yo.u.ni./ki.o.tsu.ke.te.ku.da.sa.i.

請注意不要感冒了。

〜ようにする
表示意志

接　續

[動－普通形]＋にする

例　句

例 必ず連絡をとるようにする。

ka.na.ra.zu./re.n.ra.ku.o./to.ru.yo.u.ni.su.ru.

一定會聯絡。

track 跨頁共同導讀 049

例 遅刻<ruby>遅刻<rt>ち こ く</rt></ruby>しないようにする。
chi.ko.ku.shi.na.i.yo.u.ni.su.ru.
盡量不要遲到。

～ようになる
變得會…；會…

接　續

[動－普通形]＋になる

例　句

例 <ruby>私<rt>わたし</rt></ruby>は<ruby>毎日<rt>まいにち</rt></ruby><ruby>運動<rt>うんどう</rt></ruby>するようになった。
wa.ta.shi.wa./ma.i.ni.chi./u.n.do.u.su.ru.yo.u.ni./na.tta.
我養成了每天運動的習慣。

～よかった
幸好；…的話就好了

接　續

[動－て形]＋よかった
[動－ば]＋よかった

049 **track** 跨頁共同導讀

例 句

例 財布、見つかってよかったですね。
sa.i.fu./mi.tsu.ka.tte.yo.ka.tta.de.su.ne.
幸好找到錢包了。

例 あのバッグ、買っておけばよかった。もう売り切れ
てしまったんだって。
a.no.ba.ggu./ka.tte.o.ke.ba.yo.ka.tta./mo.u.u.ri.ki.re.te.shi.ma.tta.n.da.
tte.
要是有買那個包包就好了。聽說已經賣完了。

track 050

ら行

〜らしい
像…的；典型的

接　續

[名]＋らしい

例　句

例 彼は男らしい。
ka.re.wa./o.to.ko.ra.shi.i.
他很有男子氣慨。

例 今日は春らしい天気だ。
kyo.u.wa./ha.ru.ra.shi.i.te.n.ki.da.
今天是典型春天的天氣。

〜らしい
推測；好像

接　續

[動、い形、な形、名詞]普通形＋らしい
但な形、名詞不加だ
[な形－○]＋らしい
[名]＋らしい

050 **track** 跨頁共同導讀

例 句

例 天気予報によると明日は雨らしい。
te.n.ki.yo.ho.u.ni.yo.ru.to./a.shi.ta.wa./a.me.ra.shi.i.
根據氣象預報，明天好像會下雨。

例 地面が濡れている。今朝雨が降ったらしい。
ji.me.n.ga./nu.re.te.i.ru./ke.sa./a.me.ga./fu.tta.ra.shi.i.
地面是濕的。今晨好像有下雨。

文法篇

單字篇

 track 051

わ行

～わけがない／わけはない
不可能…

接　續

[動詞、名詞、い形、な形]名詞修飾型＋わけがない／わけはない

例　句

例 こんな簡単なことを出来ないわけがない。

ko.n.na.ka.n.ta.n.na.ko.to.o./de.ki.na.i.wa.ke.ga.na.i.

這麼簡單的事不可能辦不到。

～わけではない／わけでもない
並非…

接　續

[動詞、い形、な形]名詞修飾型＋わけではない

例　句

例 旅行が嫌いなわけではないが、忙しくて行けない。

ryo.ko.u.ga./ki.ra.i.na.wa.ke.de.wa.na.i.ga./i.so.ga.shi.ku.te./i.ke.na.i.

並不是討厭旅行，只是忙得沒時間去。

051 **track** 跨頁共同導讀

例 料理が嫌いなわけでもない。忙しくてやる暇がないだけなのだ。

ryo.u.ri.ga./ki.ra.i.na.wa.ke.de.mo.na.i./i.so.ga.shi.ku.te./ya.ru.hi.ma.ga./na.i.da.ke.na.no.da.

並不是討厭煮菜。只是忙得沒時間弄。

～わけにはいかない／わけにもいかない
不能…

接續

〔動−辞書形〕＋わけにはいかない

〔動−ない形〕＋ない＋わけにはいかない

例句

例 今日は娘の誕生日なので、早く家に帰らないわけにはいかない。

kyo.u.wa./mu.su.me.no.ta.n.jo.u.bi.na.no.de./ha.ya.ku./i.e.ni./ka.e.ra.na.i.wa.ke.ni.wa./i.ka.na.i.

因為今天是女兒的生日，所以不能不早點回家。

例 明日が締切りだから原稿を書かないわけにもいかない。

a.shi.ta.ga./shi.me.ki.ri.da.ka.ra./ge.n.ko.u.o./ka.ka.na.i.wa.ke.ni.mo./i.ka.na.i.

明天就是截稿日了，不寫稿子不行。

 track 052

わざわざ
特地；故意

接　續

「わざわざ」是副詞。

例　句

例 わざわざ駅まで送りに行く。
wa.za.wa.za./e.ki.ma.de./o.ku.ri.ni./i.ku.
特意到車站送行。

〜をおいて
除了…之外；放下…

接　續

[名]＋をおいて

例　句

例 何をおいても締切りには間に合わせなければならない。
na.ni.o./o.i.te.mo./shi.me.ki.ri.ni.wa./ma.ni.a.wa.se.na.ke.re.ba./na.ra.na.i.
不管怎麼樣都要趕上截稿日。

052 **track** 跨頁共同導讀

例 営業部のトップということなら、田中さんをおいて他はないでしょう。

e.i.gyo.u.bu.no./to.ppu.to.i.u.ko.to.na.ra./ta.na.ka.sa.n.o./o.i.te./ho.ka.wa./na.i.de.sho.u.

若要說業務部業績最好的，除了田中先生沒有別人。

～を契機として／を契機に（して）
以…為契機

接續

[名]＋を契機として／を契機に（して）

例句

例 病気を契機に酒をやめる。

byo.u.ki.o./ke.i.ki.ni./sa.ke.o./ya.me.ru.

以生病為契機戒酒。

例 オイルショックを契機に新エネルギーの研究が進められた。

o.i.ru.sho.kku.o./ke.i.ki.ni./shi.n.e.ne.ru.gi.i.no./ke.n.kyu.u.ga./su.su.me.ra.re.ta.

以石油危機為契機，替代能源的研究有了進步。

文法篇

單字篇

 **track** 053

～んじゃない
不…嗎；沒…嗎

接　續

[な形－な]＋んじゃない

[名－な]＋んじゃない

[動、い形]普通形＋んじゃない

例　句

例 それ、いいんじゃない。
so.re./i.i.n.ja.na.i.
這個不是很好嗎？

例 田中もう帰ったんじゃない。
ta.na.ka.mo.u./ka.e.tta.n.ja.na.i.
田中不是已經回去了嗎？

N3 この一冊で合格!

單字篇

054 **track**

あ行

あいさつ
挨拶
a.i.sa.tsu.
義 招呼、問候　⇨ 名詞

例 句

例 あいさつを交わす。
a.i.sa.tsu.o./ka.wa.su.
互相打招呼。

あいじょう
愛情
a.i.jo.u.
義 愛情、感情　⇨ 名詞

例 句

例 姉と妹は互いに深い愛情を抱いている。
a.ne.to.i.mo.u.to.wa./ta.ga.i.ni./fu.ka.i.a.i.jo.u.o./i.da.i.te.i.ru.
姊妹間有深厚的感情。

例 愛情のない結婚。
a.i.jo.u.no.na.i.ke.kko.n.
沒有愛情的婚姻。

あいず
合図
a.i.zu.
義 信號、暗號　⇨ 名詞

track 跨頁共同導讀 054

例句

例 前進の合図に手を振った。

ze.n.shi.n.no./a.i.zu.ni./te.o./fu.tta.

揮手當作是前進的信號。

あい
愛する
a.i.su.ru.
義 愛 ⇨ 動詞

例句

例 彼女を愛している。

ka.no.jo.o./a.i.shi.te.i.ru.

我愛她。

あいて
相手
a.i.te.
義 伙伴、對方、對手 ⇨ 名詞

例句

例 話し相手がいなくて寂しい。

a.na.shi.a.i.te.ga./i.na.ku.te./sa.bi.shi.i.

沒有說話的對象而感到寂寞。

 track 055

あいにく
a.i.ni.ku.
義 不巧、不湊巧 ⇨ 副詞

055 **track** 跨頁共同導讀

例 句

例 あいにく母は出掛けています。
a.i.ni.ku./ha.ha.wa./de.ka.ke.te./i.ma.su.
不巧家母正好外出。

アイロン
a.i.ro.n.
義 熨斗、熨燙 ⇨ 名詞

例 句

例 アイロンをかける。
a.i.ro.n.o./ka.ke.ru.
熨燙。

明かり
a.ka.ri.
義 光亮 ⇨ 名詞

例 句

例 壁の穴から明かりが差した。
ka.be.no.a.na.ka.ra./a.ka.ri.ga./sa.shi.ta.
有道光從牆上的洞射進來。

明らか
a.ki.ra.ka.
義 清楚、顯然 ⇨ な形

例 句

例 明らかな事実。
a.ki.ra.ka.na.ji.ji.tsu.
顯而易見的事實。

文法篇

單字篇

track 跨頁共同導讀 055

諦める
あきら
a.ki.ra.me.ru.
義 放棄 ⇨ 動詞

句 型

例 回復の望みはないと諦めた。
かいふく のぞ あきら
ka.i.fu.ku.no./no.zo.mi.wa./na.i.to./a.ki.ra.me.ta.
沒有恢復的希望所以放棄了。

 track 056

飽きる
あ
a.ki.ru.
義 膩、厭煩 ⇦ 動詞

句 型

例 勉強はもう飽きた。
べんきょう あ
be.n.kyo.u.wa./mo.u./a.ki.ta.
已經對念書感到厭煩。

握手
あくしゅ
a.ku.shu.
義 握手 ⇨ 名詞

句 型

例 人に握手を求める。
ひと あくしゅ もと
hi.to.ni./a.ku.shu.o./mo.to.me.ru.
主動向人握手。

056 **track** 跨頁共同導讀

悪魔
あくま
a.ku.ma.

義 惡魔 ⇨ 名詞

⑳ 句

例 悪魔に取り付かれる。
あくま と つ
a.ku.ma.ni./to.ri.tsu.ka.re.ru.
被惡魔附身。

明ける
あ
a.ke.ru.

義 空出、新年來到、天亮、結束 ⇨ 動詞

⑳ 句

例 明けましておめでとうございます。
あ
a.ke.ma.shi.te./o.me.de.to.u./go.za.i.ma.su.
新年快樂。

預ける
あず
a.zu.ke.ru.

義 存放 ⇨ 動詞

⑳ 句

例 預金通帳は彼に預けてある。
よきんつうちょう かれ あず
yo.ki.n.tsu.u.cho.u.wa./ka.re.ni./a.zu.ke.te.a.ru.
存摺寄放在他那裡。

track 057

_{あせ}
汗
a.se.
義 汗 ⇨ 名詞

例 句

例 _{あせ}汗をかく。

　　a.se.o./ka.ku.

　　流汗。

_{あた}
与える
a.ta.e.ru.
義 給 ⇨ 動詞

例 句

例 _{しょうしゃ}勝者には_{きん}金メダルが_{あた}与えられた。

　　sho.u.sha.ni.wa./ki.n.me.da.ru.ga./a.ta.e.ra.re.ta.

　　優勝的人被贈予金牌。

_あ
当たる
a.ta.ru.
義 碰、中、成功 ⇨ 動詞

例 句

例 _{いし}石が_{まど}窓ガラスに_あ当たった。

　　i.shi.ga./ma.do.ga.ra.su.ni./a.ta.tta.

　　石頭砸中了玻璃。

例 _ひ日に_あ当たるのが_す好きだ。

　　hi.ni.a.ta.ru.no.ga./su.ki.da.

　　喜歡晒太陽。

057 **track** 跨頁共同導讀

例 宝<ruby>宝<rt>たから</rt></ruby>くじで100万<ruby>万<rt>まんえん</rt></ruby>円が当<ruby>当<rt>あ</rt></ruby>たった。

ta.ka.ra.ku.ji.de./hya.ku.ma.n.e.n.ga./a.ta.tta.

買彩券中了100萬日圓。

扱<ruby>扱<rt>あつか</rt></ruby>う

a.tsu.ka.u.

義 對待　⇨ 動詞

例 句

例 部<ruby>部<rt>ぶ</rt></ruby>下<ruby>下<rt>か</rt></ruby>をもっと公<ruby>公<rt>こうへい</rt></ruby>平に扱<ruby>扱<rt>あつか</rt></ruby>いなさい。

bu.ka.o./mo.tto./ko.u.he.i.ni./a.tsu.ka.i.na.sa.i.

請更公平地對待下屬。

集<ruby>集<rt>あつ</rt></ruby>まり

a.tsu.ma.ri.

義 集會、收集(的情況)　⇨ 名詞

例 句

例 客<ruby>客<rt>きゃく</rt></ruby>の集<ruby>集<rt>あつ</rt></ruby>まりが予<ruby>予<rt>よそうがい</rt></ruby>想外によかった。

kya.ku.no./a.tsu.ma.ri.ga./yo.so.u.ga.i.ni./yo.ka.tta.

客人來得比想像中的多。

058 **track**

当<ruby>当<rt>あ</rt></ruby>てる

a.te.ru.

義 碰、撞、成功、中　⇨ 動詞

例 句

例 ボールにバットをまっすぐに当<ruby>当<rt>あ</rt></ruby>てる。

bo.o.ru.ni./ba.tto.o./ma.ssu.gu.ni./a.te.ru.

球直擊球棒。

track 跨頁共同導讀 058

例 的の真ん中に当てた。

ma.to.no./ma.n.na.ka.ni./a.te.ta.

射中目標的正中央。

誤り
a.ya.ma.ri.

義 錯誤 ⇨ 名詞

例 句

例 田中君の作文には誤りが多い。

ta.na.ka.ku.n.no./sa.ku.bu.n.ni.wa./a.ya.ma.ri.ga./o.o.i.

田中的作文有很多錯誤。

新た
a.ra.ta.

義 新的 ⇨ な形

例 句

例 政局は新たな局面を迎えた。

se.i.kyo.ku.wa./a.ra.ta.na./kyo.ku.me.n.o./mu.ka.e.ta.

政局迎向新局面。

あらゆる
a.ra.yu.ru.

義 各種 ⇨ 副詞

例 句

例 あらゆる角度から検討する。

a.ra.yu.ru./ka.ku.do.ka.ra./ke.n.to.u.su.ru.

從各種角度進行討論。

058 **track** 跨頁共同導讀

現_{あらわ}れる
a.ra.wa.re.ru.

義 出現　⇨ 動詞

例 句

例 人_{ひと}の姿_{すがた}が霧_{きり}の中_{なか}に現_{あらわ}れた。

hi.to.no./su.ga.ta.ga./ki.ri.no.na.ka.ni./a.ra.wa.re.ta.

在霧中出現人影。

059 **track**

あるいは
a.ru.i.wa.

義 或者　⇨ 副詞

例 句

例 英語_{えいご}か あるいはフランス語_ごかどちらかが必修_{ひっしゅう}です。

e.i.go.ka./a.ru.i.wa./fu.ra.n.su.go.ka./do.chi.ra.ka.ga./hi.sshu.u.de.su.

要選英語或法語其中一種當必修。

合_あわせる
a.wa.se.ru.

義 合上、總計　⇨ 動詞

例 句

例 彼_{かれ}は手_てを合_あわせて祈_{いの}っていた。

ka.re.wa./te.o.a.wa.se.te./i.no.tte.i.ta.

他雙手合十祈禱。

track 跨頁共同導讀 059

例 合わせて15個ある。

a.wa.se.te./ju.u.go.ko.a.ru.

合起來總共有15個。

暗記する
a.n.ki.su.ru.

義 背、記　⇨ 動詞

例 句

例 単語を暗記する。

ta.n.go.o./a.n.ki.su.ru.

背單字。

安定する
a.n.te.i.su.ru.

義 穩定、安定　⇨ 動詞

例 句

例 安定した天候がひと月続いた。

a.n.te.i.shi.ta./te.n.ko.u.ga./hi.to.tsu.ki./tsu.zu.i.ta.

安定的氣候持續了一個月。

案内
a.n.na.i.

義 引導、傳達　⇨ 名詞

例 句

例 社長の部屋に案内された。

sha.cho.u.no.he.ya.ni./a.n.na.i.sa.re.ta.

被引導到社長的房間。

 060 **track**

文法篇

單字篇

息
i.ki.
氣息、呼息　⇨ 名詞

例 句

例 息を止める。
i.ki.o.to.me.ru.
摒住呼息。

生き物
i.ki.mo.no.
義 生物　⇨ 名詞

例 句

例 生き物を殺す。
i.ki.mo.no.o./ko.ro.su.
殺生。

いけない
i.ke.na.i.
義 不可以、壞的、糟糕　⇨ 連語

例 句

例 風邪ですか，それはいけませんね。
ka.ze.de.su.ka./so.re.wa./i.ke.ma.se.n.ne.
你感冒了嗎？真是太糟糕了。(表示同情、遺憾)

例 君がそんなことを言うからいけないのだ。
ki.mi.ga./so.n.na.ko.to.o./i.u.ka.ra./i.ke.na.i.no.da.
你錯在不該說那種話。

track 跨頁共同導讀 060

維持する
い じ
i.ji.su.ru.
義 維持　⇨ 動詞

例 句

例 世界平和を維持する。
せ か い へ い わ　い じ
se.ka.i.he.i.wa.o./i.ji.su.ru.
維持世界和平。

意識
い し き
i.shi.ki.
義 意識、認識、自覺　⇨ 名詞

例 句

例 意識を失う。
い し き　う しな
i.shi.ki.o./u.shi.na.u.
失去意識。

例 彼には罪の意識が全くない。
かれ　　　つみ　い し き　まった
ka.re.ni.wa./tsu.mi.no.i.shi.ki.ga./ma.tta.ku.na.i.
他沒有犯罪的自覺。/他沒有罪惡感。

 track 061

異常
い じょう
i.jo.u.
義 異常、非常、不尋常　⇨ 名詞、な形

061 **track** 跨頁共同導讀

例 句

例 その申し出に彼は異常な熱意を見せた。

so.no.mo.u.shi.de.ni./ka.re.wa./i.jo.u.na./ne.tsu.i.o./mi.se.ta.

在聲明中，他表現出十足的熱情。

いずれ
i.zu.re.

義 哪一個、反正、遲早、改天　⇨ 代名詞、副詞

例 句

例 あの二人はいずれも帰国子女だ。

a.no.fu.ta.ri.wa./i.zu.re.mo./ki.ko.ku.shi.jo.da.

那兩人不管哪一個都是在海外長大後回來的。

例 いずれにせよそれはばかげた話だ。

i.zu.re.ni.se.yo./so.re.wa./ba.ka.ge.ta./ha.na.shi.da.

不管怎麼說那都是蠢話。

例 いずれまたゆっくり話そう。

i.zu.re.ma.ta./yu.kku.ri./ha.na.so.u.

改天再好好聊聊。

いたずら
i.ta.zu.ra.

義 惡作劇　⇨ 名詞

例 句

例 子供らがいたずらをしないよう見張っていなさい。

ko.do.mo.ra.ga./i.ta.zu.ra.o./shi.na.i.yo.u./mi.ha.tte.i.na.sa.i.

請盯著孩子不要讓他們惡作劇。

track 跨頁共同導讀 061

いただきます
i.ta.da.ki.ma.su.
義 開動了 ⇨ 動詞

例 句

例 わぁ、おいしそう。じゃ、いただきます。
wa.a./o.i.shi.so.u./ja./i.ta.da.ki.ma.su.
哇，看起來好好吃。那我開動了。

track 062

いただく
i.ta.da.ku.
義 接受、享用 ⇨ 動詞(尊敬語)

例 句

例 この絵葉書を1枚いただきたいのですが。
ko.no.e.ha.ga.ki.o./i.chi.ma.i./i.ta.da.ki.ta.i.no.de.su.ga.
我想要拿一張明信片可以嗎？

例 ちょっとここを説明していただけませんか。
cho.tto.ko.ko.o./se.tsu.me.i.shi.te./i.ta.da.ke.ma.se.n.ka.
可以請你說明給我聽嗎？

例 大変おいしくいただきました。
ta.i.he.n./o.i.shi.ku./i.ta.da.ki.ma.shi.ta.
很美味地享用了。

062 **track** 跨頁共同導讀

いた
痛み
i.ta.mi.
義 痛楚　⇨ 名詞

例 句

例 左の足にずきずきする痛みがある。
ひだり あし いた
hi.da.ri.no./a.shi.ni./zu.ki.zu.ki.su.ru./i.ta.mi.ga.a.ru.
左腳有陣陣刺痛的感覺。

いちど
一度に
i.chi.do.ni.
義 同時、一下子　⇨ 副詞

例 句

例 一度に二つの事に集中することはできない。
いちど ふた こと しゅうちゅう
i.chi.do.ni./fu.ta.tsu.no.ko.to.ni./shu.u.chu.u.su.ru.ko.to.wa./de.ki.na.i.
不能一次集中精神做兩件事。

いちば
市場
i.chi.ba.
義 市場　⇨ 名詞

例 句

例 市場へ行く。
いちば い
i.chi.ba.e./i.ku.
去市場。

track 跨頁共同導讀 062

いつか
i.tsu.ka.
義 什麼時候、有一天　⇨ 副詞

例 句

例 またいつか電話します。
ma.ta./i.tsu.ka./de.n.wa.shi.ma.su.
改天再打電話給你。

 track 063

いっしょう
一生
i.ssho.u.
義 一輩子　⇨ 名詞

例 句

例 一生に一度の好機だ。
i.ssho.u.ni./i.chi.do.no./ko.u.ki.da.
一生一次的好機會。

いったい
一体
i.tta.i.
義 一體、究竟　⇨ 名詞、副詞

例 句

例 全市民は一体となって町の美化に努めた。
ze.n.shi.mi.n.wa./i.tta.i.to./na.tte./ma.chi.no./bi.ka.ni./tsu.to.me.ta.
全體市民同心為美化城市而努力。

例 一体なぜ昨日来なかったのか。

i.tta.i./na.ze./ki.no.u./ko.na.ka.tta.no.ka.

昨天究竟為什麼沒來？

一致する

i.cchi.su.ru.

義 一致 ⇨ 動詞

例 句

例 彼らの見解は完全に一致している。

ka.re.ra.no./ke.n.ka.i.wa./ka.n.ze.n.ni./i.cchi.shi.te./i.ru.

他們的見解完全一致。

いつでも

i.tsu.de.mo.

義 隨時都 ⇨ 副詞

例 句

例 彼はいつでも出発できるように支度している。

ka.re.wa./i.tsu.de.mo./shu.ppa.tsu.de.ki.ru.yo.u.ni./shi.ta.ku.shi.te.i.ru.

他做好隨時都能出發的準備。

一般

i.ppa.n.

義 一般 ⇨ 名詞、な形

例 句

例 一般の人が興味を持つこと。

i.ppa.n.no.hi.to.ga./kyo.u.mi.o./mo.tsu.ko.to.

一般人會有興趣的東西。

 track 064

いつまでも
i.tsu.ma.de.mo.
義 永遠　⇨ 副詞

例 句

例 そういつまでも待ってはいられない。
so.u.i.tsu.ma.de.mo./ma.tte.wa./i.ra.re.na.i.
沒辦法這樣一直等下去。

例 この経験はいつまでも忘れることはあるまい。
ko.no.ke.i.ke.n.wa./i.tsu.ma.de.mo./wa.su.re.ru.ko.to.wa./a.ru.ma.i.
這個經驗我永遠無法忘記。

いつも
i.tsu.mo.
義 總是　⇨ 副詞

例 句

例 彼女はいつも笑顔で人に接した。
ka.no.jo.wa./i.tsu.mo./e.ga.o.de./hi.to.ni./se.sshi.ta.
她總是笑臉迎人。

居眠り
i.ne.mu.ri.
義 打瞌睡　⇨ 動詞

例 句

例 電車の中で居眠りをする。
de.n.sha.no.na.ka.de./i.ne.mu.ri.o./su.ru.
在電車上打瞌睡。

064 **track** 跨頁共同導讀

命
いのち
i.no.chi.
_義生命 ⇨ 動詞

例 句

例 命を大切にする。
いのち たいせつ
i.no.chi.o./ta.i.se.tsu.ni./su.ru.
珍惜生命。

今に
いま
i.ma.ni.
_義至今、到現在 ⇨ 副詞

例 句

例 今に彼も後悔するだろう。
いま かれ こうかい
i.ma.ni./ka.re.mo./ko.u.ka.i.su.ru.da.ro.u.
他應該至今還在後悔吧。

065 **track**

今にも
いま
i.ma.ni.mo.
_義馬上、不久、眼看 ⇨ 副詞

例 句

例 彼女は今にも泣き出しそうだった。
かのじょ いま な だ
ka.no.jo.wa./i.ma.ni.mo./na.ki.da.shi.so.u.da.tta.
眼看她就要哭出來了。

文法篇

單字篇

track 跨頁共同導讀 065

いらい
以来
i.ra.i.
義 從…以來 ⇨ 副詞

例 句

例 あれ以来彼に会っていない。
a.re.i.ra.i./ka.re.ni./a.tte.i.na.i.
從那之後就沒見過他了。

いらい
依頼
i.ra.i.
義 委託、請求、依靠 ⇨ 名詞

例 句

例 品物は依頼どおりに航空便で送った。
shi.na.mo.no.wa./i.ra.i.do.o.ri.ni./ko.u.ku.u.bi.n.de./o.ku.tta.
商品如委託的用空運送出了。

例 その事は弁護士に依頼してあります。
so.no.ko.to.wa./be.n.go.shi.ni./i.ra.i.shi.te./a.ri.ma.su.
那件事已經交給律師了。

いらい(する)
i.ra.i.ra.su.ru.
義 心浮氣躁 ⇨ 副詞

例 句

例 交通渋滞に巻き込まれていらいらした。
ko.u.tsu.u.ju.u.ta.i.ni./ma.ki.ko.ma.re.te./i.ra.i.ra.shi.ta.
陷入塞車車陣中，變得心浮氣躁。

065 **track** 跨頁共同導讀

いらっしゃい
i.ra.ssha.i.
義 歡迎 ⇨ 感歎詞

例 句

例 いらっしゃいませ。
i.ra.ssha.i.ma.se.
歡迎光臨

066 **track**

祝い
いわ
i.wa.i.
義 祝福、賀禮 ⇨ 名詞

例 句

例 就職祝いに何をあげようか。
しゅうしょくいわ　　なに
shu.u.sho.ku.i.wa.i.ni./na.ni.o./a.ge.yo.u.ka.
你想要什麼就職的賀禮？

祝う
いわ
i.wa.u.
義 祝賀 ⇨ 動詞

例 句

例 ご結婚をお祝い申し上げます。
けっこん　　いわ　もう　あ
go.ke.kko.n.o./o.i.wa.i./mo.u.shi.a.ge.ma.su.
表達對你結婚的祝賀之意。

track 跨頁共同導讀 066

いわゆる
i.wa.yu.ru.
義 所謂的 ⇨ 副詞

例 句

例 彼はいわゆるフリーターだ。
ka.re.wa./i.wa.yu.ru./fu.ri.i.ta.a.da.
他是所謂的打工族。

いんしょう
印象
i.n.sho.u.
義 印象 ⇨ 名詞

例 句

例 京都の印象はいかがでしたか。
kyo.u.to.no./i.n.sho.u.wa./i.ka.ga.de.shi.ta.ka.
你對京都的印象如何？

いんたい
引退する
i.n.ta.i.su.ru.
義 退休、退役 ⇨ 動詞

例 句

例 彼が現役を引退したのは何歳の時でしたか。
ka.re.ga./ge.n.e.ki.o./i.n.ta.i.shi.ta.no.wa./na.n.sa.i.no./to.ki.de.shi.ta.
ka.
他是在幾歲的時候退休的呢？

066 **track** 跨頁共同導讀

うがい
u.ga.i.
義漱口 ⇨ 名詞

例 句

例 うがいする。
u.ga.i.su.ru.
漱口。

067 **track**

うかが
伺う
u.ka.ga.u.
義請教、拜訪、聽說 ⇨ 動詞(尊敬語)

例 句

例 この問題についてご意見を伺いたい。
ko.no.mo.n.da.i.ni./tsu.i.te./go.i.ke.n.o./u.ka.ga.i.ta.i.
想問你對這個問題的意見。

例 明日8時に伺います。
a.shi.ta./ha.chi.ji.ni./u.ka.ga.i.ma.su.
明天8點前來拜訪。

う と
受け取る
u.ke.to.ru.
義接受 ⇨ 動詞

例 句

track 跨頁共同導讀 067

例 ご好意は喜んで受け取りますが，お金は受け取れません。

go.ko.u.i.wa./yo.ro.ko.n.de./u.ke.to.ri.ma.su.ga./o.ka.ne.wa./u.ke.to.re.ma.se.n.

你的好意我心領了，但錢我不能收。

動かす
u.go.ka.su.

義 移動、操作、活動 ⇨ 動詞

例 句

例 机を少し右へ動かす。

tsu.ku.e.o./su.ko.shi./mi.gi.e./u.go.ka.su.

把桌子稍微往右移。

例 この機械の動かし方は簡単だ。

ko.no.ki.ka.i.no./u.go.ka.shi.ka.ta.wa./ka.n.ta.n.da.

這台機器的操作方式很簡單。

例 指一本を動かそうとしなかった。

yu.bi.i.ppo.n.o./u.go.ka.so.u.to.shi.na.ka.tta.

連一根手指頭都不動。

失う
u.shi.na.u.

義 失去 ⇨ 動詞

例 句

例 私はまだ望みを失っていない。

wa.ta.shi.wa./ma.da./no.zo.mi.o./u.shi.na.tte.i.na.i.

我還沒有失去希望。

068 **track**

嘘
u.so.
義 謊言 ⇨ 名詞

 例 句

例 彼は私に嘘をついた。
ka.re.wa./wa.ta.shi.ni./u.so.o./tsu.i.ta.
他對我說謊。

疑う
u.ta.ga.u.
義 懷疑 ⇨ 動詞

例 句

例 彼らは田中の話を疑った。
ka.re.ra.wa./ta.na.ka.no./ha.na.shi.o./u.ta.ga.tta.
他們懷疑田中說的話。

奪う
u.ba.u.
義 奪取、奪走 ⇨ 動詞

例 句

例 財産を奪われた。
za.i.sa.n.o./u.ba.wa.re.ta.
財産被奪走了。

track 跨頁共同導讀 068

生まれ
う
u.ma.re.
義 出生　⇨ 名詞

例 句

例 生まれはどちらですか。
う
u.ma.re.wa./do.chi.ra.de.su.ka.

你是在哪出生的呢？

例 生まれも育ちも大阪です。
う　　　そだ　　　おおさか
u.ma.re.mo./so.da.chi.mo./o.o.sa.ka.de.su.

在大阪出生和長大。

裏切る
うらぎ
u.ra.gi.ru.
義 背叛、違背　⇨ 動詞

例 句

例 彼に裏切られたような気がする。
かれ　　うらぎ　　　　　　き
ka.re.ni./u.ra.gi.ra.re.ta./yo.u.na./ki.ga.su.ru.

覺得被他背叛了。

 track 069

嬉しい
うれ
u.re.shi.i.
義 開心、高興　⇨ い形

例 句

069 **track** 跨頁共同導讀

例 涙が出るほどうれしかった。

na.mi.da.ga./de.ru.ho.do./u.re.shi.ka.tta.

高興得要哭了。

売れる

u.re.ru.

義 暢銷、有名　⇨ 動詞

例 句

例 新製品がよく売れる。

shi.n.se.i.hi.n.ga./yo.ku.u.re.ru.

新商品很暢銷。

噂

u.wa.sa.

義 傳言、流言　⇨ 名詞

例 句

例 彼に関する悪い噂を聞いた。

ka.re.ni./ka.n.su.ru./wa.ru.i.u.wa.sa.o./ki.i.ta.

聽說了關於他不好的流言。

うん

u.n.

義 嗯　⇨ 感嘆詞

例 句

例 うん、そうだね。

u.n./so.u.da.ne.

嗯，你說得沒錯。

track 跨頁共同導讀 069

^{うん}
運
u.n.
義 運氣　⇨ 名詞

例 句

例 運が悪い。

u.n.ga.wa.ru.i.

運氣不佳。

track 070

^{うんてん}
運転
u.n.te.n.
義 駕駛　⇨ 名詞

例 句

例 自動車の運転を習う。

ji.do.u.sha.no./u.n.te.n.o./na.ra.u.

學習開車。

^{えいえん}
永遠
e.i.e.n.
義 永遠、永恆　⇨ 名詞、な形

例 句

例 芸術は永遠である。

ge.i.ju.tsu.wa./e.i.e.n.de.a.ru.

藝術是永恆的。

070 **track** 跨頁共同導讀

えいきょう
影響
e.i.kyo.u.
義 影響 ⇨ 名詞

例 句

例 会社は不況の影響を受けなかった。
ka.i.sha.wa./fu.kyo.u.no./e.i.kyo.u.o./u.ke.na.ka.tta.
公司沒有受到不景氣的影響。

えいぎょう
営業
e.i.gyo.u.
義 經商、營業 ⇨ 名詞

例 句

例 営業を始める。
e.i.gyo.u.o./ha.ji.me.ru.
開始做生意。

えいよう
栄養
e.i.yo.u.
義 營養 ⇨ 名詞

例 句

例 栄養が足りない。
e.i.yo.u.ga./ta.ri.na.i.
營養不足。

 track 071

笑顔
えがお
e.ga.o.
義 笑容 ⇨ 名詞

例 句

例 無理に笑顔を作る。
むり えがお つく
mu.ri.ni./e.ga.o.o./tsu.ku.ru.

硬是擠出笑容。

描く
えが
e.ga.ku.
義 描寫、描繪 ⇨ 動詞

例 句

例 風景を描く。
ふうけい えが
fu.u.ke.i.o./e.ga.ku.

畫風景。

例 彼は当時の社会の多様な現象を生き生きと描いた。
かれ とうじ しゃかい たよう げんしょう い い えが
ka.re.wa./to.u.ji.no./sha.ka.i.no./ta.yo.u.na./ge.n.sho.u.o./i.ki.i.ki.to./e.ga.i.ta.

他生動地描寫出當時社會的各種現象。

えさ
e.sa.
義 飼料 ⇨ 名詞

071 **track** 跨頁共同導讀

例 句

例 犬にえさをやる。
i.nu.ni./e.sa.o.ya.ru.
餵狗吃飼料。

エネルギー
e.ne.ru.gi.i.
義 能源、能量、體力　⇨ 名詞

例 句

例 エネルギー危機。
e.ne.ru.gi.i.ki.ki.
能源危機。

例 彼は発表の準備にエネルギーを使い果たしてしまった。
ka.re.wa./ha.ppyo.u.no./ju.n.bi.ni./e.ne.ru.gi.i.o./tsu.ka.i.ha.ta.shi.te./shi.ma.tta.
他為了準備發表而耗盡了體力。

演説
e.n.ze.tsu.
義 演講　⇨ 名詞

例 句

例 彼は原稿を見ながら演説した。
ka.re.wa./ge.n.ko.u.o./mi.na.ga.ra./e.n.ze.tsu.shi.ta.
他看著稿子進行演講。

単 字 篇

文 法 篇

track 072

えんそう
演奏
e.n.so.u.
義 演奏　⇨ 名詞

例 句

例 ピアノを演奏する。

pi.a.no.o./e.n.so.u.su.ru.

演奏鋼琴。

えんりょ
遠慮
e.n.ryo.
義 謙虛、客氣、謝絕、請不要　⇨ 名詞

例 句

例 あの二人は互いに遠慮している。

a.no.fu.ta.ri.wa./ta.ga.i.ni./e.n.ryo.shi.te.i.ru.

他們兩人互相謙虛客套。

例 病気の時は遠慮なく休暇をとりなさい。

byo.u.ki.no.to.ki.wa./e.n.ryo.na.ku./kyu.u.ka.o./to.ri.na.sa.i.

生病的時候請不要客氣，就休假吧。

例 せっかくの申し出ではあったが遠慮した。

se.kka.ku.no./mo.u.shi.de.de.wa./a.tta.ga./e.n.ryo.shi.ta.

雖收到邀請，但拒絕了。

おう
応じる
o.u.ji.ru.
義 同意、接受、響應、按照　⇨ 動詞

072 **track** 跨頁共同導讀

例 句

例 彼の呼び掛けに応じて全国からボランティアが集まった。

ka.re.no./yo.bi.ka.ke.ni./o.u.ji.te./ze.n.ko.ku.ka.ra./bo.ra.n.ti.a.ga./a.tsu.ma.tta.

響應他的號召，來自全國各地的義工聚集而來。

例 収入に応じて税金が課される。

shu.u.nyu.u.ni./o.u.ji.te./ze.i.ki.n.ga./ka.sa.re.ru.

按照收入課稅。

例 社員募集に応じる。

sha.i.n.bo.shu.u.ni./o.u.ji.ru.

來應徵社員。／應聘。

おうだん
横断する
o.u.da.n.su.ru.
義 横越 ⇨ 動詞

例 句

例 道路を横断する。

do.u.ro.o./o.u.da.n.su.ru.

橫越馬路。

073 **track**

おおや
大家
o.o.ya.
義 房東 ⇨ 名詞

track 跨頁共同導讀 073

例 句

例 大家さんに家賃を払う。
o.o.ya.sa.n.ni./ya.chi.n.o./ha.ra.u.
付房租給房東。

おく
贈る
o.ku.ru.
義 贈送　⇨ 動詞

例 句

例 彼女に花を贈る。
ka.no.jo.ni./ha.na.o./o.ku.ru.
送花給女朋友。

お
起こる
o.ko.ru.
義 發生　⇨ 動詞

例 句

例 恐ろしい事故が起こった。
o.so.ro.shi.i.ji.ko.ga./o.ko.tta.
發生了可怕的意外。

おさな
幼い
o.sa.na.i.
義 小時候　⇨ い形

例 句

例 幼いころ。
o.sa.na.i.ko.ro.
年幼的時候。

073 track 跨頁共同導讀

おしゃべり
o.sha.be.ri.
義 說話、聊天、多嘴多舌 ⇨ 名詞、な形

例句

例 近所(きんじょ)の人(ひと)たちが通(とお)りでおしゃべりをしている。
ki.n.jo.no./hi.to.ta.chi.ga./to.o.ri.de./o.sha.be.ri.o./shi.te.i.ru.
鄰居們在路上聊天。

074 track

恐(おそ)らく
o.so.ra.ku.
義 恐怕 ⇨ 副詞

例句

例 恐(おそ)らくそれは見(み)つからないだろう。
o.so.ra.ku.so.re.wa./mi.tsu.ka.ra.na.i.da.ro.u.
那個恐怕找不到了吧。

恐(おそ)れる
o.so.re.ru.
義 害怕 ⇨ 動詞

例句

例 彼(かれ)は死(し)を恐(おそ)れなかった。
ka.re.wa./shi.o./o.so.re.na.ka.tta.
他不怕死。

track 跨頁共同導讀 074

恐_{おそ}ろしい
o.so.ro.shi.i.
義 可怕的、駭人的 ➭ い形

例 句

例 そんな恐_{おそ}ろしい目_めで見_みないで。
so.n.na./o.so.ro.shi.i.me.de./mi.na.i.de.
不要用那麼可怕的眼神看著我。

お互_{たが}い様_{さま}
o.ta.ga.i.sa.ma.
義 彼此彼此 ➭ 名詞(尊敬語)

例 句

Ⓐ 手伝_{てつだ}ってくれてありがとう。
te.tsu.da.tte./ku.re.te./a.ri.ga.to.u.
謝謝你的幫忙。

Ⓑ いいえ、お互_{たが}い様_{さま}ですよ。
i.i.e./o.ta.ga.i.sa.ma.de.su.yo.
哪兒的話,彼此彼此。

穏_{おだ}やか
o.da.ya.ka.
義 安穩、平和 ➭ な形

例 句

例 穏_{おだ}やかに暮_くらしたいものだ。
o.da.ya.ka.ni./ku.ra.shi.ta.i.mo.no.da.
想要過安穩的生活啊。

 075 **track**

おぼれる
o.bo.re.ru.
義 溺水、沉溺 ⇨ 動詞

例 句

例 湖でおぼれて死んだ。
mi.zu.u.mi.de./o.bo.re.te./shi.n.da.
在湖中溺水身亡。

例 ギャンブルにおぼれる。
gya.n.bu.ru.ni./o.bo.re.ru.
沉溺於賭博。

おめでとう
o.me.de.to.u.
義 恭喜 ⇨ 感嘆詞

例 句

例 誕生日おめでとう。
ta.n.jo.u.bi./o.me.de.to.u.
生日快樂。

お目に掛かる
o.me.ni./ka.ka.ru.
義 和長輩見面、拜訪、見面 ⇨ 動詞(謙讓語)

例 句

例 お目に掛かれて光栄です。
o.me.ni./ka.ka.re.te./ko.u.e.i.de.su.
能和您見面是我的光榮。

文
法
篇

單
字
篇

N3 この一冊で合格！

track 跨頁共同導讀 075

思_{おも}い出_で
o.mo.i.de.
義 回憶 ⇨ 名詞

例 句

例 この公園_{こうえん}は二人_{ふたり}の思_{おも}い出_での場所_{ばしょ}である。
ko.no.ko.u.e.n.wa./fu.ta.ri.no./o.mo.i.de.no./ba.sho.de.a.ru.
這個公園是充滿了兩人回憶的地方。

およそ
o.yo.so.
義 大約 ⇨ 副詞

例 句

例 およそ3000円_{えん}持_もっている。
o.yo.so./sa.n.ze.n.e.n./mo.tte.i.ru.
大約有3000日圓。

 076 **track**

か行

かいけい
会計
ka.i.ke.i.
義 結帳、會計 ⇨ 名詞

例 句

例 会計をお願いします。
ka.i.ke.i.o./o.ne.ga.i.shi.ma.su.
請幫我結帳。

かいけつ
解決
ka.i.ke.tsu.
義 解決 ⇨ 名詞

例 句

例 円満解決を望んでいる。
e.n.ma.n.ka.i.ke.tsu.o./no.zo.n.de.i.ru.
希望能圓滿解決。

かいし
開始する
ka.i.shi.su.ru.
義 開始 ⇨ 動詞

例 句

例 委員会はその件の調査を開始した。
i.i.n.ka.i.wa./so.no.ke.n.no./cho.u.sa.o./ka.i.shi.shi.ta.
委員會開始針對那件事進行調查。

track 跨頁共同導讀 076

かいしゃく
解釈
ka.i.sha.ku.

解釋 ⇨ 名詞

例 句

例 あなたの解釈は間違っているようだ。

a.na.ta.no./ka.i.sha.ku.wa./ma.chi.ga.tte.i.ru./yo.u.da.

你的解釋好像是錯的。

がいしゅつ
外出
ga.i.shu.tsu.

義 外出 ⇨ 名詞

例 句

例 田中は外出中だ。

ta.na.ka.wa./ga.i.shu.tsu.chu.u.da.

田中現在外出不在。

track 077

かいぜん
改善する
ka.i.ze.n.su.ru.

義 改善 ⇨ 動詞

例 句

例 暮らしを改善する。

ku.ra.shi.o./ka.i.ze.n.su.ru.

改善生活。

077 **track** 跨頁共同導讀

かいてき
快適
ka.i.te.ki.
義 舒適　⇨ 名詞、な形

例 句

例 こじんまりとした快適な家。
ko.ji.n.ma.ri.to.shi.ta./ka.i.te.ki.na.i.e.
小巧舒適的家。

かいふく
回復する
ka.i.fu.ku.su.ru.
義 恢復、回復　⇨ 動詞

例 句

例 社会秩序を回復する。
sha.ka.i.chi.tsu.jo.o./ka.i.fu.ku.su.ru.
恢復社會秩序良好。

か
飼う
ka.u.
義 飼養　⇨ 動詞

例 句

例 猫を2匹飼っている。
ne.ko.o./ni.hi.ki.ka.tte.i.ru.
養了2隻貓。

track 跨頁共同導讀 077

かお
香り
ka.o.ri.
義 香味 ⇨ 名詞

例 句

例 この花は よい香りがする。
ko.no.ha.na.wa./yo.i.ka.o.ri.ga.su.ru.
那朵花有芬芳的香味。

track 078

かか
抱える
ka.ka.e.ru.
義 懷有、帶有 ⇨ 動詞

例 句

例 巨額の借金を抱えている。
kyo.ga.ku.no./sha.kki.n.o./ka.ka.e.te.i.ru.
揹負著巨額負債。

かかく
価格
ka.ka.ku.
義 價格 ⇨ 名詞

例 句

例 価格を上げる。
ka.ka.ku.o./a.ge.ru.
漲價。

track 跨頁共同導讀 078

かがや
輝く
ka.ga.ya.ku.
義 閃耀 ⇨ 動詞

例 句

例 星が輝いていた。
ho.shi.ga./ka.ga.ya.i.te.i.ta.
星光閃耀。

かかり
係
ka.ka.ri.
義 負責的人、擔當者 ⇨ 名詞

例 句

例 私はパーティーの準備係になった。
wa.ta.shi.wa./pa.a.ti.i.no./ju.n.bi./ga.ka.ri.ni./na.tta.
我成為負責準備宴會的人。

かぎ
鍵
ka.gi.
義 鎖、鑰匙、關鍵 ⇨ 名詞

例 句

例 玄関の鍵をかけ忘れた。
ge.n.ka.n.no./ka.gi.o./ka.ke.wa.su.re.ta.
玄關忘了上鎖。

track 079

確実
かくじつ
ka.ku.ji.tsu.

義 確實、可靠　⇨ 名詞 、 な形

例 句

例 お金は確実にお返しします。
かね　　かくじつ　　かえ

o.ka.ne.wa./ka.ku.ji.tsu.ni./o.ka.e.shi.shi.ma.su.

錢會確實地還給你。

学習する
がくしゅう
ga.ku.shu.u.su.ru.

義 學習　⇨ 動詞

例 句

例 フランス語を学習する。
がくしゅう

fu.ra.n.su.go.o./ga.ku.shu.u.su.ru.

學法語。

隠す
かく
ka.ku.su.

義 隱藏、隱瞞　⇨ 動詞

例 句

例 名前を隠して新聞に投書した。
なまえ　かく　　しんぶん　とうしょ

na.ma.e.o./ka.ku.shi.te./shi.n.bu.n.ni./to.u.sho.shi.ta.

匿名投稿到報紙。

079 **track** 跨頁共同導讀

かくだい
拡大
ka.ku.da.i.
義 擴大 ⇨ 名詞

例 句

例 事件の拡大を防ぐ。
ji.ke.n.no./ka.ku.da.i.o./fu.se.gu.
防止事情擴大。

かくにん
確認する
ka.ku.ni.n.su.ru.
義 確認、證實 ⇨ 動詞

例 句

例 それは事実であることが確認された。
so.re.wa./ji.ji.tsu.de.a.ru.ko.to.ga./ka.ku.ni.n.sa.re.ta.
那被證實是事實。

がくもん
学問
ga.ku.mo.n.
義 學問、學識 ⇨ 名詞

例 句

例 彼は学問のない人だった。
ka.re.wa./ga.ku.mo.n.no.na.i./hi.to.da.tta.
他是沒學問的人。

 track 080

---

^{かく}隠れる
ka.ku.re.ru.

義 隠藏、埋沒　⇨ 動詞

例 句

例 ^{ひとご}人込みに^{かく}隠れて^み見えなくなった。

hi.to.go.mi.ni./ka.ku.re.te./mi.e.na.ku.na.tta.

沒入人群中看不見了。

---

^か欠ける
ka.ke.ru.

義 缺少、缺乏　⇨ 動詞

例 句

例 ^{かれ}彼は^{にんたいりょく}忍耐力が^か欠けている。

ka.re.wa./ni.n.ta.i.ryo.ku.ga./ka.ke.te.i.ru.

他缺乏忍耐力。

---

^{かさい}火災
ka.sa.i.

義 火災　⇨ 名詞

例 句

例 ^{かさい}火災を^お起こす。

ka.sa.i.o./o.ko.su.

發生火災。

080 **track** 跨頁共同導讀

貸<ruby>し<rt>か</rt></ruby>
ka.shi.

義 債務 ⇨ 名詞

例 句

例 <ruby>彼<rt>かれ</rt></ruby>に5<ruby>万円<rt>ごまんえんか</rt></ruby><ruby>貸<rt>か</rt></ruby>しがある。

ka.re.ni./go.ma.n.e.n.ka.shi.ga.a.ru.

他欠了5萬日圓的債務。

<ruby>菓子<rt>かし</rt></ruby>
ka.shi.

義 甜點 ⇨ 名詞

例 句

例 <ruby>客<rt>きゃく</rt></ruby>にお<ruby>茶<rt>ちゃ</rt></ruby>とお<ruby>菓子<rt>かし</rt></ruby>を<ruby>出<rt>だ</rt></ruby>す。

kya.ku.ni./o.cha.to./o.ka.shi.o./da.su.

端出茶和甜點招待客人。

081 **track**

<ruby>家事<rt>かじ</rt></ruby>
ka.ji.

義 家事 ⇨ 名詞

例 句

例 <ruby>彼女<rt>かのじょ</rt></ruby>は<ruby>家事<rt>かじ</rt></ruby>が<ruby>上手<rt>じょうず</rt></ruby>だ。

ka.no.jo.wa./ka.ji.ga./jo.u.zu.da.

她很會做家事。

track 跨頁共同導讀 081

賢い
かしこ

ka.shi.ko.i.

義 聰明、伶俐、機靈　⇨ い形

例 句

例 あれに気付くとはなんて賢いんだろう。
きづ　　　　　　　　　　かしこ

a.re.ni./ki.zu.ku.to.wa./na.n.te./ka.shi.ko.i.n.da.ro.u.

竟能注意到那件事，真是機靈。

数
かず

ka.zu.

義 數量　⇨ 名詞

例 句

例 応募者の数は1000人に達した。
おうぼしゃ　かず　せんにん　たっ

o.u.bo.sha.no./ka.zu.wa./se.n.ni.n.ni./ta.sshi.ta.

應徵者達1000人。

稼ぐ
かせ

ka.se.gu.

義 賺錢、爭取　⇨ 動詞

例 句

例 生活費を稼ぐ。
せいかつひ　かせ

se.i.ka.tsu.hi.o./ka.se.gu.

賺生活費。

例 時間を稼ぐ。
じかん　かせ

ji.ka.n.o./ka.se.gu.

爭取時間。

081 **track** 跨頁共同導讀

数える
ka.zo.e.ru.
義 計數 ⇨ 動詞

例 句

例 指を折って数える。
yu.bi.o.o.tte./ka.zo.e.ru.
掰手指頭數。

082 **track**

語る
ka.ta.ru.
義 講述 ⇨ 動詞

例 句

例 彼は真相を語った。
ka.re.wa./shi.n.so.u.o./ka.ta.tta.
他講述出真相。

勝ち
ka.chi.
義 勝利 ⇨ 名詞

例 句

例 試合は彼の勝ちに終わった。
shi.a.i.wa./ka.re.no./ka.chi.ni./o.wa.tta.
比賽的結果是他得到勝利。

track 跨頁共同導讀 082

価値
ka.chi.
義 價值　⇨ 名詞

例 句

例 この絵は100万円の価値がある。

ko.no.e.wa./hya.ku.ma.n.e.n.no./ka.chi.ga.a.ru.

那幅畫價值100萬日圓。

がっかり(する)
ga.kka.ri.su.ru.
義 失望　⇨ 副詞

例 句

例 彼が来なくてがっかりした。

ka.re.ga./ko.na.ku.te./ga.kka.ri.shi.ta.

他沒來讓我很失望。

格好
ka.kko.u.
義 模樣　⇨ 名詞

例 句

例 あのドレスを着るとおかしな格好に見える。

a.no.do.re.su.o./ki.ru.to./o.ka.shi.na./ka.kko.u.ni./mi.e.ru.

穿上那件禮服看起來很奇怪。

例 彼はいつも格好をつけたがる。

ka.re.wa./i.tsu.mo./ka.kko.u.o.tsu.ke.ta.ga.ru.

他總是愛裝模作樣。(慣用：格好をつける)

083 **track**

活動
かつどう
ka.tsu.do.u.
義 活動　⇨ 名詞

例 句
例 ただちに救援隊を活動させる。
きゅうえんたい　　かつどう
ta.da.chi.ni./kyu.u.e.n.ta.i.o./ka.tsu.do.u.sa.se.ru.
立即出動救援隊。

悲しむ
かな
ka.na.shi.mu.
義 悲傷、悲痛　⇨ 動詞

例 句
例 彼の不幸を悲しむ。
かれ　ふこう　　かな
ka.re.no./fu.ko.u.o./ka.na.shi.mu.
為他的不幸感到悲傷。

必ずしも
かなら
ka.na.ra.zu.shi.mo.
義 並非　⇨ 副詞

例 句
例 有名大学を卒業したからといって必ずしも出世す
ゆうめいだいがく　そつぎょう　　　　　　　　　　　かなら　　　しゅっせ
るとは限らない。
かぎ
yu.u.me.i.da.i.ga.ku.o./so.tsu.gyo.u.shi.ta.ka.ra.to.i.tte.mo./ka.na.ra.zu.
shi.mo./shu.sse.su.ru.to.wa./ka.gi.ra.na.i.
並非名校畢業就一定能出人頭地。

track 跨頁共同導讀 083

かなり
ka.na.ri.

義 非常 ⇨ 副詞

例 句

例 このケーキはかなりおいしい。
ko.no.ke.e.ki.wa./ka.na.ri./o.i.shi.i.
這個蛋糕非常好吃。

かもしれない
ka.mo.shi.re.na.i.

義 說不定 ⇨ 連語

例 句

例 明日は雨になるかもしれない。
a.shi.ta.wa./a.me.ni.na.ru./ka.mo.shi.re.na.i.
明天說不定會下雨。

 track 084

かわいそう
ka.wa.i.so.u.

義 可憐 ⇨ な形

例 句

例 彼は子犬をかわいそうに思って連れて帰った。
ka.re.wa./ko.i.nu.o./ka.wa.i.so.u.ni./o.mo.tte./tsu.re.te./ka.e.tta.
他覺得幼犬很可憐就帶牠回家。

084 **track** 跨頁共同導讀

かわいらしい
ka.wa.i.ra.shi.i.
義 可愛、討喜、小巧 ⇨ い形

例 句

例 かわいらしい女の子。
おんな こ
ka.wa.i.ra.shi.i./o.n.na.no.ko.
可愛的女孩。

環境
かんきょう
ka.n.kyo.u.
義 環境 ⇨ 名詞

例 句

例 家は気に入ったが環境がいやだ。
いえ き い かんきょう
i.e.wa./ki.ni.i.tta.ga./ka.n.kyo.u.ga./i.ya.da.
雖然喜歡這房子，但討厭附近環境。

歓迎
かんげい
ka.n.ge.i.
義 歡迎 ⇨ 名詞

例 句

例 皆様を心より歓迎いたします。
みなさま こころ かんげい
mi.na.sa.ma.o./ko.ko.ro.yo.ri./ka.n.ge.i.i.ta.shi.ma.su.
誠心歡迎各位。

track 跨頁共同導讀 084

かんこう
観光
ka.n.ko.u.
義 觀光 ⇨ 名詞

例 句

例 観光に行く。
ka.n.ko.u.ni./i.ku.
去觀光。

例 京都市内を観光する。
kyo.u.to.shi.na.i.o./ka.n.ko.u.su.ru.
在京都市內觀光。

track 085

かんさつ
観察
ka.n.sa.tsu.
義 觀察 ⇨ 名詞

例 句

例 人の服装に観察が鋭い。
hi.to.no./fu.ku.so.u.ni./ka.n.sa.tsu.ga./su.ru.do.i.
對人的穿著觀察很敏銳。

かん
感じ
ka.n.ji.
義 感覺 ⇨ 名詞

例 句

例 なんだか寂しい感じがする。
na.n.da.ka./sa.bi.shi.i./ka.n.ji.ga./su.ru.
總覺得有點寂寞。

085 **track** 跨頁共同導讀

かんしゃ
感謝する
ka.n.sha.su.ru.
義 感謝 ⇨ 動詞

例 句

例 ご親切に心から感謝します。
go.shi.n.se.tsu.ni./ko.ko.ro.ka.ra./ka.n.sha.shi.ma.su.
打從心裡感謝您的關心。

かんじょう
勘定
ka.n.jo.u.
義 結帳、合計 ⇨ 名詞

例 句

例 お勘定は5000円になります。
o.ka.n.jo.u.wa./go.se.n.e.n.ni./na.ri.ma.su.
你的帳單一共是 5000 日圓。

かんじょう
感情
ka.n.jo.u.
義 感情、情感 ⇨ 名詞

例 句

例 彼は感情をなかなか表に出さない。
ka.re.wa./ka.n.jo.u.o./na.ka.na.ka.o.mo.te.ni./da.sa.na.i.
他總是不把情感表現出來。

文法篇

單字篇

 track 086

かんぜん
完全
ka.n.ze.n.
義 完整、完美 ⇨ 名詞、な形

例 句

例 完全を期してがんばろう。
ka.n.ze.n.o./ki.shi.te./ga.n.ba.ro.u.
為求完美一起努力吧。

かんどう
感動
ka.n.do.u.
義 感動 ⇨ 名詞

例 句

例 その文章は生徒に大きな感動を与えた。
so.no.bu.n.sho.u.wa./se.i.to.ni./o.o.ki.na./ka.n.do.u.o./a.ta.e.ta.
那篇文章帶給學生們很深的感動。

かんり
管理
ka.n.ri.
義 管理 ⇨ 名詞

例 句

例 彼の財産の管理を頼まれた。
ka.re.no./za.i.sa.n.no./ka.n.ri.o./ta.no.ma.re.ta.
他託我管理他的財產。

086 **track** 跨頁共同導讀

文
法
篇

單
字
篇

記憶
ki.o.ku.

義 記憶　⇨ 名詞

例 句

例 子供のころのことはかすかな記憶しかない。

ko.do.mo.no.ko.ro.no.ko.to.wa./ka.su.ka.na.ki.o.ku./shi.ka.na.i.

對小時候只有模糊的記憶。

例 私の記憶する限りでは彼は結婚したことはない。

wa.ta.shi.no./ki.o.ku.su.ru.ka.gi.ri.de.wa./ka.re.wa./ke.kko.n.shi.ta.ko.to.wa./na.i.

就我記得的，他並沒有結婚。

効く
ki.ku.

義 有効　⇨ 動詞

例 句

例 この薬は頭痛によく効く。

ko.no.ku.su.ri.wa./zu.tsu.u.ni./yo.ku.ki.ku.

這藥對治頭痛很有效。

087 **track**

傷
ki.zu.

義 傷口、損傷　⇨ 名詞

例 句

track 跨頁共同導讀 087

例 傷に包帯をする。
ki.zu.ni./ho.u.ta.i.o.su.ru.
包紮傷口。

例 このりんごは傷がある。
ko.no.ri.n.go.wa./ki.zu.ga.a.ru.
這顆蘋果有損傷。

期待
ki.ta.i.
義 期待、期望　⇨ 名詞

例 句

例 彼の成功を期待している。
ka.re.no.se.i.ko.u.o./ki.ta.i.shi.te.i.ru.
期待他能成功。

例 両親の期待を裏切る。
ryo.u.shi.n.no./ki.ta.i.o./u.ra.gi.ru.
違背父母的期望。

帰宅
ki.ta.ku.
義 回家　⇨ 名詞

例 句

例 教室の掃除が終わったら帰宅してよろしい。
kyo.u.shi.tsu.no./so.u.ji.ga./o.wa.tta.ra./ki.ta.ku.shi.te.yo.ro.shi.i.
打掃完教室後就可以回家了。

087 **track** 跨頁共同導讀

貴重
ki.cho.u.
義 貴重 ⇨ な形、名詞

例 句

例 貴重な経験。
ki.cho.u.na.ke.i.ke.n.
寶貴的經驗。

きちんと
ki.chi.n.to.
義 整潔、恰好、正確 ⇨ 副詞

例 句

例 きちんと約束の時間に着く。
ki.chi.n.to./ya.ku.so.ku.no./ji.ka.n.ni./tsu.ku.
剛好在約定的時間到達。

例 本をきちんと整頓する。
ho.n.o./ki.chi.n.to./se.i.to.n.su.ru.
把書收拾整齊。

088 **track**

きつい
ki.tsu.i.
義 累人、緊、嚴苛 ⇨ い形

例 句

例 仕事がきつい。
shi.go.to.ga./ki.tsu.i.
工作很累人。

track 跨頁共同導讀 088

例 靴がきつい。

ku.tsu.ga./ki.tsu.i.

鞋子太小了很緊。

気付く
ki.zu.ku.

義 注意到、發現 ⇨ 動詞

例 句

例 財布をなくしたのに気付いた。

sa.i.fu.o./na.ku.shi.ta.no.ni./ki.zu.i.ta.

發現錢包不見了。

気に入る
ki.ni.i.ru.

義 喜歡 ⇨ 動詞

例 句

例 私のやり方が彼は気に入らない。

wa.ta.shi.no.ya.ri.ka.ta.ga./ka.re.wa./ki.ni.i.ra.na.i.

他不喜歡我做事的方法。

機能
ki.no.u.

義 功能、作用 ⇨ 名詞

例 句

例 一切の機能が停止した。

i.ssa.i.no./ki.no.u.ga./te.i.shi.shi.ta.

所有的功能都停止了。

088 **track** 跨頁共同導讀

気の毒
ki.no.do.ku.
義 令人同情、可憐 ⇨ 名詞、な形

例 句

例 彼らは気の毒な生活をしている。
ka.re.ra.wa./ki.no.do.ku.na./se.i.ka.tsu.o./shi.te.i.ru.
他們過著令人同情的生活。

089 **track**

寄付
ki.fu.
義 捐獻、捐贈 ⇨ 名詞

例 句

例 パソコン50台が寄付された。
pa.so.ko.n./go.ju.u.da.i.ga./ki.fu.sa.re.ta.
獲捐50台電腦。

希望
ki.bo.u.
義 希望 ⇨ 名詞

例 句

例 本人の希望で支社へ転勤した。
ho.n.ni.n.no./ki.bo.u.de./shi.sha.e./te.n.ki.n.shi.ta.
依本人的希望，調往分公司。

track 跨頁共同導讀 089

基本
き ほ ん
ki.ho.n.

義 **基本** ⇨ 名詞

例 句

例 水泳の基本の動作。
すいえい　　きほん　　どうさ

su.i.e.i.no./ki.ho.n.no./do.u.sa.

游泳的基本動作。

決まり
き
ki.ma.ri.

義 **規矩、決定** ⇨ 名詞

例 句

例 決まりを破る。
き　　　　　や ぶ

ki.ma.ri.o./ya.bu.ru.

破壞規矩。

例 よし、それで話は決まりだ。
はなし　　き

yo.shi./so.re.de./ha.na.shi.wa./ki.ma.ri.da.

好，那就這麼決定了。

急に
きゅう
kyu.u.ni.

義 **突然** ⇨ 副詞

例 句

例 急に笑い出す。
きゅう　　わら　　だ

kyu.u.ni./wa.ra.i.da.su.

突然笑出來。

089 **track** 跨頁共同導讀

例 急に態度を変えた。
kyu.u.ni./ta.i.do.o./ka.e.ta.
突然改變態度。

090 **track**

きゅうりょう
給料
kyu.u.ryo.u.
義 薪水 ⇨ 名詞

例 句

きゅうりょう　せいかつ
例 給料で生活をする。
kyu.u.ryo.u.de./se.i.ka.tsu.o.su.ru.
靠薪水過活。

きよう
器用
ki.yo.u.
義 靈巧、巧妙 ⇨ 名詞、な形

例 句

かのじょ　ゆびさき　きよう
例 彼女は指先が器用だ。
ka.no.jo.wa./yu.bi.sa.ki.ga./ki.yo.u.da.
她的手很靈巧。

きょうきゅう
供給
kyo.u.kyu.u.
義 供給 ⇨ 名詞

例 句

track 跨頁共同導讀 090

例 電力の供給を止める。
でんりょく きょうきゅう と

de.n.ryo.ku.no./kyo.u.kyu.u.o./to.me.ru.

停止電力供給。

きょうつう
共通
kyo.u.tsu.u.
義 共通、共同 ⇨ 名詞、な形

例 句

例 彼は我々の共通の友人である。
かれ われわれ きょうつう ゆうじん

ka.re.wa./wa.re.wa.re.no./kyo.u.tsu.u.no./yu.u.ji.n.de.a.ru.

他是我們共同的朋友。

きょうどう
共同
kyo.u.do.u.
義 一起、共同 ⇨ 名詞

例 句

例 共同で店を経営する。
きょうどう みせ けいえい

kyo.u.do.u.de./mi.se.o./ke.i.e.i.su.ru.

一起經營店鋪。

 track 091

きんえん
禁煙
ki.n.e.n.
義 禁菸 ⇨ 名詞

091 **track** 跨頁共同導讀

例 句

例 このコーナーは<ruby>禁煙席<rt>きんえんせき</rt></ruby>です。

ko.no.ko.o.na.a.wa./ki.n.e.n.se.ki.de.su.

這區是禁菸席。

<ruby>金額<rt>きんがく</rt></ruby>

ki.n.ga.ku.

義 金額 ⇨ 名詞

例 句

例 <ruby>被害金額<rt>ひがいきんがく</rt></ruby>は2<ruby>千万円<rt>にせんまんえん</rt></ruby>にのぼる。

hi.ga.i.ki.n.ga.ku.wa./ni.se.n.ma.n.e.n.ni./no.bo.ru.

損失金額高達2千萬日圓。

<ruby>禁止<rt>きんし</rt></ruby>

ki.n.shi.

義 禁止 ⇨ 名詞

例 句

例 <ruby>立<rt>た</rt></ruby>ち<ruby>入<rt>い</rt></ruby>り<ruby>禁止<rt>きんし</rt></ruby>。

ta.chi.i.ri.ki.n.shi.

禁止進入。

例 <ruby>未成年者<rt>みせいねんしゃ</rt></ruby>の<ruby>喫煙<rt>きつえん</rt></ruby>は<ruby>禁止<rt>きんし</rt></ruby>されている。

mi.se.i.ne.n.sha.no./ki.tsu.e.n.wa./ki.n.shi.sa.re.te.i.ru.

未成年吸菸是被禁止的。

<ruby>緊張<rt>きんちょう</rt></ruby>する

ki.n.cho.u.su.ru.

義 緊張 ⇨ 動詞

文法篇

單字篇

track 跨頁共同導讀 091

例 句

例 社長の前で緊張して意見も言えなかった。

sha.cho.u.no.ma.e.de./ki.n.cho.u.shi.te./i.ke.n.mo./i.e.na.ka.tta.

在社長面前緊張得說不出自己的意見。

ぐうぜん
偶然
gu.u.ze.n.
義 偶然、巧合 ⇨ 名詞、な形

例 句

例 彼に空港で会ったのは全くの偶然だった。

ka.re.ni./ku.u.ko.u.de./a.tta.no.wa./ma.tta.ku.no./gu.u.ze.n.da.tta.

會在機場遇到他完全是巧合。

track 092

くせ
癖
ku.se.
義 習慣 ⇨ 名詞

例 句

例 彼は深刻に考え過ぎる癖がある。

ka.re.wa./shi.n.ko.ku.ni./ka.n.ga.e.su.gi.ru./ku.se.ga.a.ru.

他有凡事都想得太嚴重的習慣。

ぐたい
具体
gu.ta.i.
義 具體 ⇨ 名詞

092 **track** 跨頁共同導讀

例 句

例 具体的な意見はまだ何も聞いていない。
gu.ta.i.te.ki.na./i.ke.n.wa./ma.da./na.ni.mo.ki.i.te./i.na.i.
還沒有詢問具體的意見。

> 曇り
> ku.mo.ri.
> 義 陰天 ⇨ 名詞

例 句

例 曇りがちの天気。
ku.mo.ri.ga.chi.no./te.n.ki.
動不動就轉陰的天氣。

> 暮らし
> ku.ra.shi.
> 義 生活、度日 ⇨ 名詞

例 句

例 貧乏暮らしをする。
bi.n.bo.u.gu.ra.shi.o./su.ru.
過著貧困的生活。

> 暮らす
> ku.ra.su.
> 義 生活、過活 ⇨ 動詞

例 句

例 彼女は幸せに暮らしている。
ka.no.jo.wa./shi.a.wa.se.ni./ku.ra.shi.te.i.ru.
她過著幸福的生活。

文法篇

單字篇

track 093

グループ
gu.ru.u.pu.
義 組、團體　⇨ 名詞

例 句

例 グループに分<ruby>わ</ruby>ける。
gu.ru.u.pu.ni./wa.ke.ru.
分組。

苦<ruby>くる</ruby>しい
ku.ru.shi.i.
義 痛苦、困苦　⇨ い形

例 句

例 老人<ruby>ろうじん</ruby>は苦<ruby>くる</ruby>しそうに息<ruby>いき</ruby>をしていた。
ro.u.ji.n.wa./ku.ru.shi.so.u.ni./i.ki.o./shi.te.i.ta.
老人痛苦地喘息著。

例 彼<ruby>かれ</ruby>らは苦<ruby>くる</ruby>しい生活<ruby>せいかつ</ruby>をしている。
ka.re.ra.wa./ku.ru.shi.i./se.i.ka.tsu.o./shi.te.i.ru.
他們過著困苦的生活。

詳<ruby>くわ</ruby>しい
ku.wa.shi.i.
義 詳細、清楚　⇨ い形

例 句

例 詳<ruby>くわ</ruby>しいことは知<ruby>し</ruby>りません。
ku.wa.shi.i.ko.to.wa./shi.ri.ma.se.n.
不清楚詳情。

093 **track** 跨頁共同導讀

例 その問題を詳しく説明してください。

so.no.mo.n.da.i.o./ku.wa.shi.ku./se.tsu.me.i.shi.te./ku.da.sa.i.

請詳細說明那個問題。

けいかく
計画
ke.i.ka.ku.

義 計畫 ⇒ 名詞

例 句

例 アメリカ行きの計画を立てた。

a.me.ri.ka.yu.ki.no./ke.i.ka.ku.o./ta.te.ta.

定好去美國的計畫。

けいき
景気
ke.i.ki.

義 景氣 ⇒ 名詞

例 句

例 景気がよい。

ke.i.ki.ga.yo.i.

景氣很好。

094 **track**

けいけん
経験
ke.i.ke.n.

義 經驗 ⇒ 名詞

例 句

例 こんな経験は初めてだ。

ko.n.na./ke.i.ke.n.wa./ha.ji.me.te.da.

這種經驗是第一次。

track 跨頁共同導讀 094

けいこう
傾向
ke.i.ko.u.
義 傾向 ⇨ 名詞

例 句

例 彼らは保守的な傾向がある。
ka.re.ra.wa./ho.shu.te.ki.na./ke.i.ko.u.ga.a.ru.
他們有保守的傾向。

例 物価は上昇の傾向を示している。
bu.kka.wa./jo.u.sho.u.no./ke.i.ko.u.o./shi.me.shi.te.i.ru.
物價呈現上升的傾向。

けいこく
警告
ke.i.ko.ku.
義 警告 ⇨ 名詞

例 句

例 大人の警告も聞かずに川で泳ぎだした。
o.to.na.no./ke.i.ko.ku.mo./ki.ka.zu.ni./ka.wa.de./o.yo.gi.da.shi.ta.
不聽大人的警告在河裡游起泳。

けいさん
計算
ke.i.sa.n.
義 計算 ⇨ 名詞

例 句

例 費用はどれだけかかるか計算します。
hi.yo.u.wa./do.re.da.ke.ka.ka.ru.ka./ke.i.sa.n.shi.ma.su.
計算要花多少費用。

094 **track** 跨頁共同導讀

怪我
け が
ke.ga.
義 受傷 ⇨ 名詞

例 句

例 事故で腕にけがをした。
じ こ う て
ji.ko.de./u.de.ni./ke.ga.o.shi.ta.
因為意外，造成手腕受傷。

095 **track**

けち
ke.chi.
義 小氣 ⇨ 名詞、な形

例 句

例 なんというけちだ。
na.n.to.i.u.ke.chi.da.
真是小氣。

結果
けっ か
ke.kka.
義 結果 ⇨ 名詞

例 句

例 試験の結果が発表された。
し けん けっ か はっぴょう
shi.ke.n.no.ke.kka.ga./ha.ppyo.u.sa.re.ta.
考試的結果出來了。

track 跨頁共同導讀 095

けっしん
決心する
ke.sshi.n.su.ru.
義下定決心 ⇨ 動詞

例 句

例 たばこをやめようと決心している。
ta.ba.ko.o./ya.me.yo.u.to./ke.sshi.n.shi.te.i.ru.
下定決心戒菸。

けっせき
欠席
ke.sse.ki.
義缺席 ⇨ 名詞

例 句

例 病気のため学校を欠席する。
byo.u.ki.no./ta.me./ga.kko.u.o./ke.sse.ki.su.ru.
因為生病所以沒去上學。

けってい
決定する
ke.tte.i.su.ru.
義決定 ⇨ 動詞

例 句

例 私は行くことに決定しました。
wa.ta.shi.wa./i.ku.ko.to.ni./ke.tte.i.shi.ma.shi.ta.
我決定要去。

096 **track**

けってん
欠点
ke.tte.n.
義 缺點　⇨ 名詞

例 句

例 欠点のない人はいない。
ke.tte.n.no.na.i.hi.to.wa./i.na.i.
世上沒有零缺點的人。

けつろん
結論
ke.tsu.ro.n.
義 結論　⇨ 名詞

例 句

例 結論に達する。
ke.tsu.ro.n.ni./ta.ssu.ru.
達成結論。

けむり
煙
ke.mu.ri.
義 煙　⇨ 名詞

例 句

例 煙が部屋に満ちた。
ke.mu.ri.ga./he.ya.ni./mi.chi.ta.
房間裡充滿了煙。

track 跨頁共同導讀 096

けんか
喧嘩
ke.n.ka.

義 吵架 ⇨ 名詞

例 句

例 <ruby>男<rt>おとこ</rt></ruby>の<ruby>子<rt>こ</rt></ruby>たちが<ruby>路上<rt>ろじょう</rt></ruby>で<ruby>喧嘩<rt>けんか</rt></ruby>をしている。

o.to.ko.no.ko.ta.chi.ga./ro.jo.u.de./ke.n.ka.o./shi.te.i.ru.

男孩子們在路上吵架。

けんこう
健康
ke.n.ko.u.

義 健康 ⇨ 名詞、な形

例 句

例 <ruby>飲<rt>の</rt></ruby>み<ruby>過<rt>す</rt></ruby>ぎると<ruby>健康<rt>けんこう</rt></ruby>を<ruby>害<rt>がい</rt></ruby>するよ。

no.mi.su.gi.ru.to./ke.n.ko.u.o./ga.i.su.ru.yo.

暴飲暴食有害健康。

---

track 097

けんさ
検査
ke.n.sa.

義 檢查 ⇨ 名詞

例 句

例 <ruby>所持品<rt>しょじひん</rt></ruby>の<ruby>検査<rt>けんさ</rt></ruby>を<ruby>受<rt>う</rt></ruby>けた。

sho.ji.hi.n.no./ke.n.sa.o./u.ke.ta.

接受隨身物品的檢查。

097 **track** 跨頁共同導讀

現代
げんだい
ge.n.da.i.
義 現代 ⇨ 名詞

例 句

例 現代の重要な課題。
ge.n.da.i.no./ju.u.yo.u.na./ka.da.i.
現在的重要問題。

建築
けんちく
ke.n.chi.ku.
義 建築 ⇨ 名詞

例 句

例 家を建築する。
i.e.o./ke.n.chi.ku.su.ru.
建造房子。

効果
こうか
ko.u.ka.
義 効果 ⇨ 名詞

例 句

例 彼の努力は効果がなかった。
ka.re.no./do.ryo.ku.wa./ko.u.ka.ga./na.ka.tta.
他的努力沒有效果。

文法篇

單字篇

track 跨頁共同導讀 097

ごうか
豪華
go.u.ka.
義 豪華 ⇨ 名詞、な形

例 句

例 パーティーは豪華<ruby>豪華<rt>こうか</rt></ruby>だった。
pa.a.ti.i.wa./go.u.ka.da.tta.
宴會很豪華。

ごうかく
合格
go.u.ka.ku.
義 及格、通過 ⇨ 名詞

例 句

例 <ruby>大学入試<rt>だいがくにゅうし</rt></ruby>に<ruby>合格<rt>ごうかく</rt></ruby>した。
da.i.ga.ku.nyu.u.shi.ni./go.u.ka.ku.shi.ta.
通過大學入學考試。

track 098

こうかん
交換
ko.u.ka.n.
義 交換 ⇨ 名詞

例 句

例 <ruby>率直<rt>そっちょく</rt></ruby>に<ruby>意見<rt>いけん</rt></ruby>を<ruby>交換<rt>こうかん</rt></ruby>した。
so.ccho.ku.ni./i.ke.n.o./ko.u.ka.n.shi.ta.
坦白地交換意見。

098 **track** 跨頁共同導讀

越える
ko.e.ru.
義 越過、超越 ⇨ 動詞

例 句

例 国境を越える。
ko.kkyo.u.o./ko.e.ru.
超越國界。

氷
ko.o.ri.
義 冰 ⇨ 名詞

例 句

例 ジュースに氷を入れた。
ju.u.su.ni./ko.o.ri.o./i.re.ta.
在果汁裡加冰塊。

凍る
ko.o.ru.
義 結凍 ⇨ 動詞

例 句

例 湖水が凍ってしまう。
ko.su.i.ga./ko.o.tte.shi.ma.u.
湖水結冰了。

track 跨頁共同導讀 098

こくふく
克服する
ko.ku.fu.ku.su.ru.
義 克服　⇨ 動詞

例 句

例 困難を克服した。
ko.n.na.n.o./ko.ku.fu.ku.shi.ta.
克服了困難。

track 099

こくみん
国民
ko.ku.mi.n.
義 國民　⇨ 名詞

例 句

例 主権は国民にある。
shu.ke.n.wa./ko.ku.mi.n.ni./a.ru.
主權在民。

こし
腰
ko.shi.
義 腰、身段　⇨ 名詞

例 句

例 年をとるとどうして腰が曲がるのでしょう。
to.shi.o.to.ru.to./do.u.shi.te./ko.shi.ga./ma.ga.ru.no.de.sho.u.
為什麼年紀大了腰就會彎呢？

099 **track** 跨頁共同導讀

例 腰をかけてお待ちください。

ko.shi.o.ka.ke.te./o.ma.chi.ku.da.sa.i.

請坐下來等吧。(慣用：腰をかける。坐下之意)

例 だれに対しても腰が低い。

da.re.ni.ta.i.shi.te.mo./ko.shi.ga.hi.ku.i.

無論對誰身段都放得很低。(慣用：腰が低い。身段放得低，態度謙卑之意。)

例 もっと腰を入れてやってもらいたい。

mo.tto./ko.shi.o./i.re.te./ya.tte.mo.ra.i.ta.i.

希望你能更努力認真做。(慣用：腰を入れる。賣力努力之意。)

故障
ko.sho.u.
義 故障 ⇨ 名詞

例句

例 機械が故障している。

ki.ka.i.ga./ko.sho.u.shi.te.i.ru.

機器故障了。

個人
ko.ji.n.
義 個人 ⇨ 名詞

例句

例 それは個人的な問題だ。

so.re.wa./ko.ji.n.te.ki.na./mo.n.da.i.da.

那是個人的問題。

 track 100

ことわ
断る
ko.to.wa.ru.
義 拒絕、事先告知 ⇨ 動詞

例 句

例 4か所応募していたが全部断られた。
yo.n.ka.sho./o.u.bo.shi.te.i.ta.ga./ze.n.bu./ko.to.wa.ra.re.ta.
應徵了4個地方，全都被拒絕了。

例 辞める場合は1か月前に断ってください。
ya.me.ru.ba.a.i.wa./i.kka.ge.tsu.ma.e.ni./ko.to.wa.tte./ku.da.sa.i.
要辭職的話，請在1個月前告知。

ごめんなさい
go.me.n.na.sa.i.
義 對不起 ⇨ 連語

例 句

例 あんなことを言って本当にごめんなさい。
a.n.na.ko.to.o./i.tte./ho.n.to.u.ni./go.me.n.na.sa.i.
說了那種話，真的很對不起。

ころ
殺す
ko.ro.su.
義 殺、摒住 ⇨ 動詞

例 句

例 多くの無実の人々が殺された。
o.o.ku.no./mu.ji.tsu.no.hi.to.bi.to.ga./ko.ro.sa.re.ta.
許多無辜的人遭到殺害。

100 **track** 跨頁共同導讀

例 息を殺す。
i.ki.o.ko.ro.su.
摒住呼吸。

転ぶ
ko.ro.bu.
義 跌倒 ⇨ 動詞

例句

例 石につまずいて前に転んだ。
i.shi.ni./tsu.ma.zu.i.te./ma.e.ni./ko.ro.n.da.
絆到石頭而向前跌倒。

今後
ko.n.go.
義 今後 ⇨ 名詞、副詞

例句

例 今後はもっと気をつけます。
ko.n.go.wa./mo.tto./ki.o.tsu.ke.ma.su.
今後會更注意。

101 **track**

混雑
ko.n.za.tsu.
義 混亂 ⇨ 名詞

例句

track 跨頁共同導讀 101

例 朝の電車の混雑は大変なものだ。

a.sa.no./de.n.sha.no./ko.n.za.tsu.wa./ta.i.he.n.na./mo.no.da.

早上電車的擁擠混亂真是可怕。

こんなに
ko.n.na.ni.

義 如此、這麼 ⇨ 副詞

例 句

例 こんなに朝早くどこへお出掛けですか。

ko.n.na.ni.a.sa.ha.ya.ku./do.ko.e./o.de.ka.ke.de.su.ka.

這麼早要去哪裡？

困難
ko.n.na.n.

義 困難 ⇨ 名詞、な形

例 句

例 困難を克服する。

ko.n.na.n.o./ko.ku.fu.ku.su.ru.

克服困難。

こんにちは
ko.n.ni.chi.wa.

義 你好 ⇨ 感嘆詞

例 句

例 こんにちは、いいお天気ですね。

ko.n.ni.chi.wa./i.i.o.te.n.ki.de.su.ne.

你好，今天天氣真好呢。

102 **track**

さ行

さいこう
最高
sa.i.ko.u.
義 最好、最佳、最多　⇨ 名詞

例 句

例 賃金は最高 1 日 1000 円だった。

chi.n.gi.n.wa./sa.i.ko.u./i.chi.ni.chi./se.n.e.n.da.tta.

租金一天最高 1000 日圓。

例 この本は最高におもしろい。

ko.no.ho.n.wa./sa.i.ko.u.ni./o.mo.shi.ro.i.

這本書真是有趣極了。

さいちゅう
最中
sa.i.chu.u.
義 正在　⇨ 名詞 、 副詞

例 句

例 仕事は今が真っ最中です。

shi.go.to.wa./i.ma.ga./ma.ssa.i.chu.u.de.su.

現在正在工作。／工作正在進行。

さいてい
最低
sa.i.te.i.
義 最少、差勁　⇨ 名詞 、 な形

track 跨頁共同導讀 102

例 句

例 ひと月に最低5万円の経費がかかる。

hi.to.tsu.ki.ni./sa.i.te.i/go.ma.n.e.n.no./ke.i.hi.ga./ka.ka.ru.

一個月最少需要5萬日圓的經費。

例 あいつは最低の人間だ。

a.i.tsu.wa./sa.i.te.i.no./ni.n.ge.n.da.

那傢伙是最差勁的人。

さいのう
才能
sa.i.no.u.
義 才能、天分 ⇨ 名詞

例 句

例 彼女は音楽に才能を発揮した。

ka.no.jo.wa./o.n.ga.ku.ni./sa.i.no.u.o./ha.kki.shi.ta.

她發揮了音樂方面的才能。

 track 103

さくひん
作品
sa.ku.hi.n.
義 作品 ⇨ 名詞

例 句

例 これは彼の作品だ。

ko.re.wa./ka.re.no./sa.ku.hi.n.da.

這是他的作品。

103 **track** 跨頁共同導讀

叫ぶ
sa.ke.bu.

義 大叫、喊叫 ⇨ 動詞

例 句

例 助けてくれと叫ぶ。

ta.su.ke.te.ku.re.to./sa.ke.bu.

大叫救命。

避ける
sa.ke.ru.

義 避開 ⇨ 動詞

例 句

例 私たちは危険を避けようとした。

wa.ta.shi.ta.chi.wa./ki.ke.n.o./sa.ke.yo.u.to.shi.ta.

我們試著避開危險。

支える
sa.sa.e.ru.

義 支撐、維持 ⇨ 動詞

例 句

例 杖で体を支える。

tsu.e.de./ka.ra.da.o./sa.sa.e.ru.

用枴杖支撐身體。

例 彼は大家族を支えている。

ka.re.wa./da.i.ka.zo.ku.o./sa.sa.e.te.i.ru.

他支撐著一大家子的生活。

track 跨頁共同導讀 103

指_さす
sa.su.
義 指 ⇨ 動詞

例 句

例 彼は自分の家の方を指した。
ka.re.wa./ji.bu.n.no./i.e.no.ho.u.o./sa.shi.ta.
他指著自己家的方向。

track 104

誘_{さそ}う
sa.so.u.
義 邀請 ⇨ 動詞

例 句

例 友人をお茶に誘った。
yu.u.ji.n.o./o.cha.ni./sa.so.tta.
約朋友喝茶。

ざっと
za.tto.
義 大約、粗略地 ⇨ 副詞

例 句

例 この図書館にはざっと10万冊の蔵書がある。
ko.no.to.sho.ka.n.ni.wa./za.tto./ju.u.ma.n.sa.tsu.no./zo.u.sho.ga./a.ru.
這圖書館大約有10萬冊的藏書。

104 **track** 跨頁共同導讀

例 私はざっと新聞に目を通した。

wa.ta.shi.wa./za.tto./shi.n.bu.n.ni./me.o./to.o.shi.ta.

我大致瀏覽一遍報紙。

さっぱり

sa.ppa.ri.

義 清爽、完全、輕鬆 ⇨ 副詞

例 句

例 さっぱりした気分になる。

sa.ppa.ri.shi.ta./ki.bu.n.ni.na.ru.

變得心情爽快。

例 彼が何を言っているのかさっぱり分からない。

ka.re.ga./na.ni.o.i.tte.i.ru.no.ka./sa.ppa.ri./wa.ka.ra.na.i.

他在說什麼我完全不懂。

さて

sa.te.

義 那麼 ⇨ 接續詞

例 句

例 さて、どうしよう。

sa.te./do.u.shi.yo.u.

那麼，怎麼辦。

 105 **track**

参加する

sa.n.ka.su.ru.

義 参加 ⇨ 動詞

track 跨頁共同導讀 105

例 句

例 討論に参加する。

to.u.ro.n.ni./sa.n.ka.su.ru.

參加討論。

幸せ
しあわ

shi.a.wa.se.

義 幸福　⇨ 名詞、な形

例 句

例 よい友達があって幸せだ。

yo.i./to.mo.da.chi.ga.a.tte./shi.a.wa.se.da.

有好朋友是件幸福的事。

じかに

ji.ka.ni.

義 直接、親自　⇨ 副詞

例 句

例 手紙をじかに渡す。

te.ga.mi.o./ji.ka.ni./wa.ta.su.

親自把信交給對方。

例 床の上にじかに置かないでください。

yu.ka.no.u.e.ni./ji.ka.ni./o.ka.na.i.de.ku.da.sa.i.

請不要直接放在地上。

しかも

shi.ka.mo.

義 而且　⇨ 接續詞

105 **track** 跨頁共同導讀

例 句

例 彼女は美しくて賢く、しかもとても親切だ。

ka.no.jo.wa./u.tsu.ku.shi.ku.te./ka.shi.ko.ku./shi.ka.mo./to.te.mo./shi.n.se.tsu.da.

她美麗又伶俐，而且很和善。

叱る
shi.ka.ru.
義 責罵　⇨ 動詞

例 句

例 遅刻して叱られた。

chi.ko.ku.shi.te./shi.ka.ra.re.ta.

因為遲到而受到責備。

106 **track**

事実
ji.ji.tsu.
義 事實　⇨ 名詞

例 句

例 私が遅れたのは事実です。

wa.ta.shi.ga./o.ku.re.ta.no.wa./ji.ji.tsu.de.su.

我遲到是事實。

事情
ji.jo.u.
義 理由、原因、情況　⇨ 名詞

track 跨頁共同導讀 106

例 句

例 家庭の事情でどうしても行けません。

ka.te.i.no./ji.jo.u.de./do.u.shi.te.mo./i.ke.ma.se.n.

因為家裡有事的關係，無論如何都去不了。

自身
ji.shi.n.

義 自己、本身　⇨ 名詞

例 句

例 私自身はこの絵のほうが好きです。

wa.ta.shi.ji.shi.n.wa./ko.no.e.no.ho.u.ga./su.ki.de.su.

我本身比較喜歡這幅畫。

親しい
shi.ta.shi.i.

義 親近、親密　⇨ い形

例 句

例 親しい友人。

shi.ta.shi.i.yu.u.ji.n.

親近的朋友。

実験
ji.kke.n.

義 實驗　⇨ 名詞

例 句

例 科学の実験をする。

ka.ga.ku.no./ji.kke.n.o.su.ru.

進行科學實驗。

 107 **track**

実現
じつげん
ji.tsu.ge.n.
義 實現 ⇨ 名詞

例 句

例 彼の夢は実現した。
かれ ゆめ じつげん
ka.re.no./yu.me.wa./ji.tsu.ge.n.shi.ta.
他的夢想實現了。

実行
じっこう
ji.kko.u.
義 實行 ⇨ 名詞

例 句

例 我々の考えを実行に移す。
われわれ かんが じっこう うつ
wa.re.wa.re.no./ka.n.ga.e.o./ji.kko.u.ni./u.tsu.su.
把我們的想法付諸實行。

実際
じっさい
ji.ssa.i.
義 實際 ⇨ 名詞、副詞

例 句

例 実際にあったことだ。
じっさい
ji.ssa.i.ni.a.tta.ko.to.da.
實際發生的事情。

track 跨頁共同導讀 107

じっし
実施する
ji.sshi.su.ru.
義 實施　⇨ 動詞

例 句

例 その法律は来年1月から実施される。
so.no.ho.u.ri.tsu.wa./ra.i.ne.n.i.chi.ga.tsu.ka.ra./ji.sshi.sa.re.ru.
那個法規會在明年1月開始實施。

じっと
ji.tto.
義 盯著、凝視、一直　⇨ 副詞

例 句

例 映画が終わるまでじっと見ていた。
e.i.ga.ga./o.wa.ru.ma.de./ji.tto.mi.te.i.ta.
電影結束前一直盯著看。

例 彼はその絵をじっと見つめた。
ka.re.wa./so.no.e.o./ji.tto.mi.tsu.me.ta.
他一直盯著那幅畫看。

例 泣き出したいのをじっと我慢した。
na.ki.da.shi.ta.i.no.o./ji.tto.ga.ma.n.shi.ta.
一直忍耐著想哭的情緒。

文法篇

單字篇

じつ
実に
ji.tsu.ni.
義 實在、確實 ⇨ 副詞

例 句

例 実にすばらしい景色だ。
ji.tsu.ni./su.ba.ra.shi.i.ke.shi.ki.da.
確實是很美好的景色。

じつ
実は
ji.tsu.wa.
義 說真的、實在是 ⇨ 副詞

例 句

例 実は彼は今日来ないんだ。
ji.tsu.wa./ka.re.wa./kyo.u./ko.na.i.n.da.
老實說他今天不會來。

しつぼう
失望する
shi.tsu.bo.u.su.ru.
義 失望 ⇨ 動詞

例 句

例 その映画には失望した。
so.no.e.i.ga.ni.wa./shi.tsu.bo.u.shi.ta.
那部電影讓我失望了。

track 跨頁共同導讀 108

しどう
指導
shi.do.u.
❸指導、教導 ⇨ 名詞

例 句

例 先生の指導を受ける。
se.n.se.i.no./shi.do.u.o./u.ke.ru.
接受老師的指導。

じどう
自動
ji.do.u.
❸自動 ⇨ 名詞

例 句

例 このドアは自動的に開く。
ko.no.do.a.wa./ji.do.u.te.ki.ni./hi.ra.ku.
那扇門會自動開啟。

 **track** 109

しな
品
shi.na.
❸商品、品項 ⇨ 名詞

例 句

例 あの店は品が豊富です。
a.no.mi.se.wa./shi.na.ga./ho.u.fu.de.su.
那家店的商品種類豐富。

文法篇

單字篇

支配
しはい
shi.ha.i.
義 統治、管理 ⇨ 名詞

例 句

例 この仕事は彼の支配で完成した。
ko.no.shi.go.to.wa./ka.re.no./shi.ha.i.de./ka.n.se.i.shi.ta.

這個工作在他的管理下完成了。

しばしば
shi.ba.shi.ba.
義 常常 ⇨ 副詞

例 句

例 ここではそのようなことがしばしば起こる。
ko.ko.de.wa./so.no.yo.u.na.ko.ta.ga./shi.ba.shi.ba./o.ko.ru.

這裡常會發生那種事。

しまった
shi.ma.tta.
義 糟了、完了 ⇨ 感嘆詞

例 句

例 しまった，また失敗した。
shi.ma.tta./ma.ta.shi.ppa.i.shi.ta.

糟了，又失敗了。

自慢
じまん
ji.ma.n.
義 驕傲、引以為傲 ⇨ 名詞

track 跨頁共同導讀 109

 例 句

例 これは彼の自慢の絵です。

ko.re.wa./ka.re.no./ji.ma.n.no.e.de.su.

這是他引以為傲的畫。

track 110

じゃあ
ja.a.
義 那麼 ⇨ 接續詞

例 句

例 じゃあ、また明日。

ja.a./ma.ta.a.shi.ta.

那就明天見。

（也可以說：「じゃあ、それでは」。じゃあ可省略為じゃ。）

しゃべる
sha.be.ru.
義 談話、說話、喋喋不休 ⇨ 動詞

例 句

例 食事をしながらゆっくりしゃべった。

sho.ku.ji.o./shi.na.ga.ra./yu.kku.ri./sha.be.tta.

邊吃飯邊慢慢聊。

110 **track** 跨頁共同導讀

じゃま
邪魔
ja.ma.
義 妨礙、礙事 ⇨ 名詞、な形

例 句

例 彼の頭が邪魔になって前がよく見えない。
ka.re.no./a.ta.ma.ga./ja.ma.ni.na.tte./ma.e.ga./yo.ku.mi.e.na.i.
被他的頭擋到看不清楚前面。

例 お邪魔します。
o.ja.ma.shi.ma.su.
打擾了。(進入別人房間或家裡時說的話。)

じゅうし
重視する
ju.u.shi.su.ru.
義 重視 ⇨ 動詞

例 句

例 量より質を重視する。
ryo.u.yo.ri./shi.tsu.o./ju.u.shi.su.ru.
重質不重量。

しゅうしょく
就職
shu.u.sho.ku.
義 工作、就職 ⇨ 名詞

例 句

例 銀行に就職した。
gi.n.ko.u.ni./shu.u.sho.ku.shi.ta.
找到了銀行的工作。

文法篇

單字篇

track 跨頁共同導讀 110

例 出版社に就職を申し込んだ。

shu.ppa.n.sha.ni./shu.u.sho.ku.o./mo.u.shi.ko.n.da.

應徵了出版社的工作。

 track 111

渋滞
ju.u.ta.i.

義 塞車　⇨ 名詞

例 句

例 この通りは年中渋滞している。

ko.no.to.o.ri.wa./ne.n.ju.u./ju.u.ta.i.shi.te.i.ru.

這條路一整年總是在塞車。

例 交通渋滞に巻き込まれる。

ko.u.tsu.u.ju.u.ta.i.ni./ma.ki.ko.ma.re.ru.

陷入塞車的車陣中。

収入
shu.u.nyu.u.

義 收入　⇨ 名詞

例 句

例 彼は収入が多い。

ka.re.wa./shu.u.nyu.u.ga./o.o.i.

他的收入很多。

重要

文法篇

單字篇

じゅうよう
重要
ju.u.yo.u.

義 重要 ⇨ 名詞、な形

例 句

例 重要でない問題。
ju.u.yo.u.de.na.i./mo.n.da.i.
不重要的問題。

しゅうり
修理
shu.u.ri.

義 修理 ⇨ 名詞

例 句

例 この家は修理が必要だ。
ko.no.i.e.wa./shu.u.ri.ga./hi.tsu.yo.u.da.
這個房子需要整修了。

しゅっぱつ
出発
shu.ppa.tsu.

義 出發 ⇨ 名詞

例 句

例 彼らはヨーロッパ旅行に出発した。
ka.re.ra.wa./yo.o.ro.ppa./ryo.ko.u.ni./shu.ppa.tsu.shi.ta.
他們出發前往歐洲旅行。

例 しばらく出発を見合わせる。
shi.ba.ra.ku./shu.ppa.tsu.o./mi.a.wa.se.ru.
出發暫時延期了。

track 112

じゅんちょう
順調
ju.n.cho.u.
義 順利　⇨ 名詞、な形

例 句

例 事は順調に運んでいる。

ko.to.wa./ju.n.cho.u.ni./ha.ko.n.de.i.ru.

事情行順利地進行。

じゅんばん
順番
ju.n.ba.n.
義 順序　⇨ 名詞

例 句

例 順番を待つ。

ju.n.ba.n.o./ma.tsu.

依序等待。

じゅんび
準備
ju.n.bi.
義 準備　⇨ 名詞

例 句

例 旅行の準備をしている。

ryo.ko.u.no./ju.n.bi.o./shi.te.i.ru.

正在準備旅行的事。

112 **track** 跨頁共同導讀

じょうきょう
状況
jo.u.kyo.u.
義 狀況 ⇨ 名詞

例 句

例 状況を把握する。
jo.u.kyo.u.o./ha.a.ku.su.ru.
把握狀況。

じょうけん
条件
jo.u.ke.n.
義 條件 ⇨ 名詞

例 句

例 それは私の条件に合わない。
so.re.wa./wa.ta.shi.no.jo.u.ke.n.ni./a.wa.na.i.
那不符合我期望的條件。

113 **track**

しょうご
正午
sho.u.go.
義 中午、正午 ⇨ 名詞

例 句

例 正午のニュースをお伝えします。
sho.u.go.no./nyu.u.su.o./o.tsu.ta.e.shi.ma.su.
為您播報正午新聞。

文法篇

單字篇

track 跨頁共同導讀 113

しょうじき
正直
sho.u.ji.ki.
義 老實、老實說、正直 ⇨ 名詞、な形

例 句

例 正直に言いなさい。
sho.u.ji.ki.ni./i.i.na.sa.i.
請老實說。

例 ばか正直な人。
ba.ka.sho.u.ji.ki.na.hi.to.
死腦筋的人。(ばか正直：死腦筋)

じょうしき
常識
jo.u.shi.ki.
義 常識 ⇨ 名詞

例 句

例 常識がある。
jo.u.shi.ki.ga./a.ru.
有常識。

しょうたい
招待
sho.u.ta.i.
義 邀請 ⇨ 名詞

例 句

例 人をパーティーに招待する。
hi.to.o./pa.a.ti.i.ni./sho.u.ta.i.su.ru.
邀請客人來宴會。

113 **track** 跨頁共同導讀

状態
じょうたい
jo.u.ta.i.
義 狀態 ⇒ 名詞

例 句

例 健康状態がよい。
けんこうじょうたい
ke.n.ko.u.jo.u.ta.i.ga./yo.i.
健康狀態很好。

 114 **track**

上達する
じょうたつ
jo.u.ta.tsu.su.ru.
義 進步 ⇒ 動詞

例 句

例 英語がすっかり上達した。
えいご　　　　　　　　　じょうたつ
e.i.go.ga./su.kka.ri./jo.u.ta.tsu.shi.ta.
英文進步很多。

冗談
じょうだん
jo.u.da.n.
義 玩笑 ⇒ 名詞

例 句

例 冗談を言う。
じょうだん　い
jo.u.da.n.o./i.u.
開玩笑。

文
法
篇

單
字
篇

track 跨頁共同導讀 114

しょうち
承知
sho.u.chi.
義 知道、明白、同意 ⇨ 名詞

例句

例 そのことなら十分承知(じゅうぶんしょうち)している。
so.no.ko.to.na.ra./ju.u.bu.n./sho.u.chi.shi.te./i.ru.
那件事我已經很明白了。

例 彼女(かのじょ)は彼(かれ)との結婚(けっこん)を承知(しょうち)した。
ka.no.jo.wa./ka.re.to.no./ke.kko.n.o./sho.u.chi.shi.ta.
她答應了他的求婚。

しょうばい
商売
sho.u.ba.i.
義 生意 ⇨ 名詞

例句

例 去年(きょねん)は商売(しょうばい)が繁盛(はんじょう)した。
kyo.ne.n.wa./sho.u.ba.i.ga./ha.n.jo.u.shi.ta.
去年的生意很好。

しょうひ
消費
sho.u.hi.
義 消費 ⇨ 名詞

例句

例 先月(せんげつ)の電気(でんき)の消費量(しょうひりょう)が多(おお)いのに驚(おどろ)いた。
se.n.ge.tsu.no.de.n.ki.no./sho.u.hi.ryo.u.ga./o.o.i.no.ni./o.do.ro.i.ta.
對上個月的高用電量感到吃驚。

115 **track**

文法篇

單字篇

しょうひん
商品
sho.u.hi.n.
義 商品 ⇨ 名詞

例 句

例 この店は多くの商品を取り扱っている。
ko.no.mi.se.wa./o.o.ku.no./sho.u.hi.n.o.to.ri.a.tsu.ka.tte.i.ru.
很多商品都可以在這家店買到。

しょくぎょう
職業
sho.ku.gyo.u.
義 職業 ⇨ 名詞

例 句

例 父の職業は弁護士です。
chi.chi.no./sho.ku.gyo.u.wa./be.n.go.shi.de.su.
父親的職業是律師。

しょくじ
食事
sho.ku.ji.
義 餐 ⇨ 名詞

例 句

例 食事の用意ができました。
sho.ku.ji.no./yo.u.i.ga./de.ki.ma.shi.ta.
飯菜準備好了。

track 跨頁共同導讀 115

しょくたく
食卓
sho.ku.ta.ku.
義餐桌 ⇨ 名詞

例 句

例 食卓を囲む。
sho.ku.ta.ku.o./ka.ko.mu.
繞著餐桌而坐。

しょくひん
食品
sho.ku.hi.n.
義食品 ⇨ 名詞

例 句

例 冷凍食品。
re.i.to.u.sho.ku.hi.n.
冷凍食品。

track 116

しょくぶつ
植物
sho.ku.bu.tsu.
義植物 ⇨ 名詞

例 句

例 植物に水をやる。
sho.ku.bu.tsu.ni./mi.zu.o.ya.ru.
幫植物澆水。

116 **track** 跨頁共同導讀

しょくもつ
食物
sho.ku.mo.tsu.
義 食物 ⇨ 名詞

例 句

例 食物をとる。
しょくもつ
sho.ku.mo.tsu.o./to.ru.
吃東西。

しょくよく
食欲
sho.ku.yo.ku.
義 食欲 ⇨ 名詞

例 句

例 食欲をそそる。
しょくよく
sho.ku.yo.kuo./so.so.ru.
引發食欲。

じょじょ
徐々に
jo.jo.ni.
義 慢慢地 ⇨ 副詞

例 句

例 徐々に彼女が言ったことが分かってきた。
じょじょ　かのじょ　　い　　　　　　　　　　　　　わ
jo.jo.ni./ka.no.jo.ga./i.tta.ko.to.ga./wa.ka.tte.ki.ta.
慢慢地了解她在說什麼。

文法篇

單字篇

track 跨頁共同導讀 116

知らせ
shi.ra.se.
義 通知、告知 ⇨ 名詞

例 句

例 知らせが遅れた。
shi.ra.se.ga/o.ku.re.ta.
通知晚了。

真剣
shi.n.ke.n.
義 認真 ⇨ 名詞、な形

例 句

例 人生について真剣に考える。
ji.n.se.i.ni./tsu.i.te./shi.n.ke.n.ni./ka.n.ga.e.ru.
認真思考人生。

 **track** 117

信号
shi.n.go.u.
義 紅綠燈 ⇨ 名詞

例 句

例 信号が赤になった。
shi.n.go.u.ga./a.ka.ni.na.tta.
變紅燈了。

文法篇

單字篇

117 **track** 跨頁共同導讀

信<ruby>信<rt>しん</rt></ruby>じる
shi.n.ji.ru.
義 相信 ⇨ 動詞

例 句

例 <ruby>彼<rt>かれ</rt></ruby>の<ruby>言<rt>い</rt></ruby>うことを<ruby>信<rt>しん</rt></ruby>じる。
ka.re.no.i.u.ko.to.o./shi.n.ji.ru.
相信他說的。

<ruby>親戚<rt>しんせき</rt></ruby>
shi.n.se.ki.
義 親戚 ⇨ 名詞

例 句

例 <ruby>親戚<rt>しんせき</rt></ruby>の<ruby>家<rt>いえ</rt></ruby>に<ruby>泊<rt>と</rt></ruby>めてもらう。
shi.n.se.ki.no./i.e.ni./to.me.te./mo.ra.u.
借住在親戚家。

<ruby>新鮮<rt>しんせん</rt></ruby>
shi.n.se.n.
義 新鮮 ⇨ な形

例 句

例 <ruby>新鮮<rt>しんせん</rt></ruby>な<ruby>空気<rt>くうき</rt></ruby>。
shi.n.se.n.na./ku.u.ki.
新鮮的空氣。

track 跨頁共同導讀 117

しんちょう
慎重
shi.n.cho.u.

義 慎重 ⇨ 名詞、な形

例 句

例 慎重に計画を練った。

shi.n.cho.u.ni./ke.i.ka.ku.o./ne.tta.

慎重地計畫。

track 118

しんぽ
進歩
shi.n.po.

義 進歩 ⇨ 名詞

例 句

例 科学の進歩は著しい。

ka.ga.ku.no./shi.n.po.wa./i.chi.ji.ru.shi.i.

科學的進步很顯著。

しんゆう
親友
shi.n.yu.u.

義 好朋友 ⇨ 名詞

例 句

例 彼は私の一番の親友だ。

ka.re.wa./wa.ta.shi.no./i.chi.ba.n.no./shi.n.yu.u.da.

他是我最好的朋友。

文法篇

單字篇

しんよう
信用
shi.n.yo.u.
義 相信　⇨ 名詞

例 句

例 彼は社長に十分信用がある。
かれ　　しゃちょう　　じゅうぶんしんよう
ka.re.wa./sha.cho.u.ni./ju.u.bu.n./shi.n.yo.u.ga./a.ru.
他很受社長的信任

すいじゅん
水準
su.i.ju.n.
義 水準　⇨ 名詞

例 句

例 彼の学力は水準以上だ。
かれ　　がくりょく　　すいじゅんいじょう
ka.re.no./ga.ku.ryo.ku.wa./su.i.ju.n.i.jo.u.da.
他的成績在水準以上。

ずいぶん
zu.i.bu.n.
義 非常、很　⇨ 副詞

例 句

例 今年はずいぶん寒い冬でした。
ことし　　　　　　　さむ　ふゆ
ko.to.shi.wa./zu.i.bu.n./sa.mu.i.fu.yu.de.shi.ta.
今年冬天真是冷。

例 体調がずいぶん良くなった。
たいちょう　　　　　　　よ
ta.i.cho.u.ga./zu.i.bu.n./yo.ku.na.tta.
身體好多了。

track 119

---

^{すえ}
末
su.e.

義 最後　⇨ 名詞

例 句

例 激しい議論の末、ようやく結論を出した。

ha.ge.shi.i.gi.ro.n.no.su.e./yo.u.ya.ku./ke.tsu.ro.no./da.shi.ta.

經過激烈的討論，最後終於做出結論。

例 9月の末に引越す予定だ。

ku.ga.tsu.no./su.e.ni./hi.kko.su.yo.te.i.da.

預計在9月底時搬家。

---

^{すがた}
姿
su.ga.ta.

義 外表、模樣、樣子　⇨ 名詞

例 句

例 彼女の目には父親の姿が今でもありありと浮かぶ。

ka.no.jo.no.me.ni.wa./chi.chi.o.ya.no./su.ga.ta.ga./i.ma.de.mo./a.ri.a.ri.to./u.ka.bu.

父親的身影現在還會清楚浮現在她腦海。

---

^{すぐ}
優れる
su.gu.re.ru.

義 出色、傑出　⇨ 動詞

119 **track** 跨頁共同導讀

例 句

例 スポーツでは彼^{かれ}より優^{すぐ}れている者^{もの}はいなかった。
su.po.o.tsu.de.wa./ka.re.yo.ri./su.gu.re.te.i.ru.mo.no.no.wa./na.ka.tta.
在運動方面沒有人比他好。

すごい
su.go.i.
義 可怕、驚人、厲害　⇨ い形

例 句

例 彼女^{かのじょ}はすごい顔^{かお}で私^{わたし}をにらんでいた。
ka.no.jo.wa./su.go.i./ka.o.de./wa.ta.shi.o./ni.ra.n.de.i.ta.
她用可怕的表情瞪著我。

例 電車^{でんしゃ}はすごい込^こみようだった。
de.n.sha.wa./su.go.i./ko.mi.yo.u.da.tta.
電車好像非常的擠。

120 **track**

少^{すこ}しも
su.ko.shi.mo.
義 一點也　⇨ 副詞

例 句

例 そんなことは少^{すこ}しも気^きにならない。
so.n.na.ko.to.wa./su.ko.shi.mo./ki.ni.na.ra.na.i.
那種事我一點也不在意。

例 少^{すこ}しも知^しらなかった。
su.ko.shi.mo./shi.ra.na.ka.tta.
一點也不清楚。

track 跨頁共同導讀 120

すす
進める
su.su.me.ru.
義 前進、進行、誘發、調快 ⇒ 動詞

例 句

例 車をこの線まで進めて下さい。
ku.ru.ma.o./ko.no.se.n.ma.de./su.su.me.te./ku.da.sa.i.
請把車往前開到這條線為止。

例 この計画を進めてください。
ko.no.ke.i.ka.ku.o./su.su.me.te./ku.da.sa.i.
請進行這個計畫。

例 この調味料は食欲を進める。
ko.no.cho.u.mi.ryo.u.wa./sho.ku.yo.ku.o./su.su.me.ru.
這調味料很能增進食欲。

例 時計を5分進めた。
to.ke.i.o./go.fu.n.su.su.me.ta.
把錶調快5分鐘。

すす
勧める
su.su.me.ru.
義 推薦 ⇒ 動詞

例 句

例 担任教師に勧められてこの大学に進んだ。
ta.n.ni.n.kyo.u.shi.ni./su.su.me.ra.re.te./ko.no.da.i.ga.ku.ni./su.su.n.da.
受導師的推薦進入這所大學。

120 **track** 跨頁共同導讀

ずっと
zu.tto.

義 一直、遠遠的　⇨ 副詞

例 句

例 ずっと遠くに富士山が見える。
zu.tto./to.o.ku.ni./fu.ji.sa.n.ga./mi.e.ru.
看得到很遠的富士山。

例 一晩中ずっと映画を見続けた。
hi.to.ba.n.ju.u./zu.tto./e.i.ga.o./mi.tsu.zu.ke.ta.
整晚都一直在看電影。

121 **track**

素敵
su.te.ki.

義 漂亮、帥、很棒　⇨ な形

例 句

例 素敵な女の子に会った。
su.te.ki.na./o.n.na.no.ko.ni./a.tta.
遇見很漂亮的女孩。

すなわち
su.na.wa.chi.

義 也就是　⇨ 接續詞

track 跨頁共同導讀 121

例 句

例 日本の中等教育は二つの学校、すなわち中学校と
高等学校で行われる。

ni.ho.n.no./chu.u.to.u.kyo.u.i.ku.wa./fu.ta.tsu.no.ga.kko.u./su.na.wa.
chi./chu.u.ga.kko.u.to./ko.u.to.u.ga.kko.u.de./o.ko.na.wa.re.ru.

日本的中等教育是在兩種學校，也就是國中和高中進行。

素晴らしい
su.ba.ra.shi.i.
義 出色、精彩、了不起　⇨ い形

例 句

例 彼女の演奏は実に素晴らしかった。

ka.no.jo.no./e.n.so.u.wa./ji.tsu.ni./su.ba.ra.shi.ka.tta.

她的演奏實在很精彩。

すみません
su.mi.ma.se.n.
義 對不起、謝謝　⇨ 連語

例 句

例 わざわざお越しいただいてすみません。

wa.za.wa.za./o.ko.shi./i.ta.da.i.te./su.mi.ma.se.n.

謝謝你特地前來。

例 遅れてすみません。

o.ku.re.te./su.mi.ma.se.n.

來晚了對不起。

121 **track** 跨頁共同導讀

ぜいたく
贅沢
ze.i.ta.ku.

義 奢侈、浪費　⇨ 名詞 、 な形

例 句

例 今日は彼女と贅沢な食事をした。
きょう　　かのじょ　　　ぜいたく　　しょくじ

kyo.u.wa./ka.no.jo.to./ze.i.ta.ku.na./sho.ku.ji.o./shi.ta.

今天和她吃了頓豪華的大餐。

122 **track**

せいちょう
成長
se.i.cho.u.

義 成長　⇨ 名詞

例 句

例 子供は成長が早い。
こども　　せいちょう　　はや

ko.do.mo.wa./se.i.cho.u.ga./ha.ya.i.

孩子成長很快。

せき
咳
se.ki.

義 咳嗽　⇨ 名詞

例 句

例 咳を払う。
せき　　はら

se.ki.o./ha.ra.u.

咳嗽。／清喉嚨。

track 跨頁共同導讀 122

^{せきにん}
責任
se.ki.ni.n.
義 責任 ⇨ 名詞

例 句

例 ^{せきにん}責任をとる。
se.ki.ni.n.o./to.ru.
負起責任。

^{せっきょくてき}
積極的
se.kkyo.ku.te.ki.
義 積極 ⇨ な形

例 句

例 ^{せっきょくてき}積極的な^{たいど}態度を^と取る。
se.kkyo.ku./te.ki.na./ta.i.do.o./to.ru.
採取積極的態度。

^{ぜひ}
是非
ze.hi.
義 是非對錯、一定、務必 ⇨ 名詞、な形

例 句

例 ^{こと}事の^{ぜひ}是非を^{い あらそ}言い争った。
ko.to.no./ze.hi.o./i.i.a.ra.so.tta.
爭論事情的對錯。

例 これは^{ぜひ}是非^よ読みたいと^{おも}思っていた^{ほん}本です。
ko.re.wa./ze.hi./yo.mi.ta.i.to./o.mo.tte.i.ta.ho.n.de.su.
這是我之前一直非常想看的書。

123 **track**

責<small>せ</small>める
se.me.ru.
義 責備、催促 ⇨ 動詞

例 句

例 人<small>ひと</small>のミスを責<small>せ</small>める。

hi.to.no./mi.su.o./se.me.ru.

責怪別人犯錯。

例 金<small>かね</small>を払<small>はら</small>えと責<small>せ</small>められる。

ka.ne.o./ha.ra.e.to./se.me.ra.re.ru.

被催促快付款。

全然<small>ぜんぜん</small>
ze.n.ze.n.
義 完全 ⇨ 副詞

例 句

例 全然<small>ぜんぜん</small>気<small>き</small>にしていない。

ze.n.ze.n./ki.ni.shi.te.i.na.i.

完全不在意。

全体<small>ぜんたい</small>
ze.n.ta.i.
義 全體、一共 ⇨ 名詞

例 句

例 旅費<small>りょひ</small>は全体<small>ぜんたい</small>で10万円<small>じゅうまんえん</small>かかった。

ryo.hi.wa./ze.n.ta.i.de./ju.u.ma.n.e.n./ka.ka.tta.

旅費一共花了10萬日圓。

track 跨頁共同導讀 123

ぞうか
増加
zo.u.ka.

義 増加 ⇨ 名詞

例 句

例 70 歳以上の人口はどんどん増加している。
na.na.ju.ssa.i.i.jo.u.no./ji.n.ko.u.wa./do.n.do.n./zo.u.ka.shi.te.i.ru.
70歳以上的人口正大幅增加。

そうさ
操作
so.u.sa.

義 操作、操作方法 ⇨ 名詞

例 句

例 機械を操作する。
ki.ka.i.o./so.u.sa.su.ru.
操作機器。

例 この機械の操作は複雑だ。
ko.no.ki.ka.i.no.so.u.sa.wa./fu.ku.za.tsu.da.
這機器的操作方法很複雜。

 track 124

そうじ
掃除
so.u.ji.

義 掃除、打掃 ⇨ 名詞

124 **track** 跨頁共同導讀

例 句

例 部屋の掃除をする。
he.ya.no./so.u.ji.o./su.ru.
打掃房間。

そうだん
相談する
so.u.da.n.su.ru.
義 商量　⇨ 動詞

例 句

例 先生に相談する。
se.n.se.i.ni./so.u.da.n.su.ru.
和老師商量。

そうとう
相当
so.u.to.u.
義 相近、相當、非常、適當　⇨ 名詞、な形

例 句

例 それは相当の処置であった。
so.re.wa./so.u.to.u.no./sho.chi.de.a.tta.
這是適當的處置。

例 その言葉に相当する日本語が見当たらない。
so.no.ko.to.ba.ni./so.u.to.u.su.ru./ni.ho.n.go.ga./mi.a.ta.ra.na.i.
找不到和那個字意思相同的日語。

例 相当の金額だ。
so.u.to.u.no./ki.n.ga.ku.da.
非常大的金額。

文法篇

單字篇

track 跨頁共同導讀 124

そして
so.shi.te.

義 然後 ⇨ 接續詞

例 句

例 そしてどうしました。

然後怎麼了。

so.shi.te./do.u.shi.ma.shi.ta.

track 125

注（そそ）ぐ
so.so.gu.

義 注入、澆、貫注 ⇨ 動詞

例 句

例 窓（まど）から雨（あめ）が降（ふ）り注（そそ）いでいた。

ma.do.ka.ra./a.me.ga./fu.ri.so.so.i.de.i.ta.

雨水從窗戶流進來。

例 その仕事（しごと）に全力（ぜんりょく）を注（そそ）いだ。

so.no.shi.go.to.ni./ze.n.ryo.ku.o./so.so.i.da.

貫注所有的心力在那個工作上。

例 火（ひ）に油（あぶら）を注（そそ）ぐ。

hi.ni./a.bu.ra.o./so.so.gu.

火上加油。(慣用句)

125 **track** 跨頁共同導讀

育つ
そだ

so.da.tsu.

義 成長 ⇨ 動詞

例 句

例 彼はアメリカで育った。
かれ　　　　　　　　　　そだ

ka.re.wa./a.me.ri.ka.de./so.da.tta.

他是在美國長大。

そっくり

so.kku.ri.

義 相似 ⇨ 副詞

例 句

例 母親そっくりだ。
ははおや

ha.ha.o.ya./so.kku.ri.da.

長得很像媽媽。

そっと

so.tto.

悄悄、輕輕、小心 ⇨ 副詞

例 句

例 家族を起こさないようにそっと歩いた。
かぞく　　お　　　　　　　　　　　　　　ある

ka.zo.ku.o./o.ko.sa.na.i.yo.u.ni./so.tto.a.ru.i.ta.

為了不吵醒家人而輕輕走路。

例 壊れないようにそっと荷物を降ろしてください。
こわ　　　　　　　　　　　　　　にもつ　お

ko.wa.re.na.i.yo.u.ni./so.tto./ni.mo.tsu.o./o.ro.shi.te./ku.da.sa.i.

為了不碰壞貨物請輕輕卸下。

track 跨頁共同導讀 125

例 母はそっと私の部屋に入ってきた。

ha.ha.wa./so.tto./wa.ta.shi.no.he.ya.ni./ha.i.tte.ki.ta.

媽媽悄悄進到我房間來。

 track 126

それぞれ
so.re.zo.re.

義 各自　⇨ 副詞

例 句

例 生徒たちはそれぞれの席についた。

se.i.to.ta.chi.wa./so.re.zo.re.no./se.ki.ni./tsu.i.ta.

學生們各自就座。

それでも
so.re.de.mo.

義 即使如此　⇨ 接續詞

例 句

例 だれもその小説を褒めないがそれでも立派な作品だと私は思う。

da.re.mo./so.no.sho.u.se.tsu.o./ho.me.na.i.ga./so.re.de.mo./ri.ppa.na.sa.ku.hi.n.da.to./wa.ta.shi.wa./o.mo.u.

誰都不讚賞那部小說，即使如此我還是認為它是優秀的作品。

126 **track** 跨頁共同導讀

た行

たいおん
体温
ta.i.o.n.
義 體溫 ⇨ 名詞

例 句

例 体温を計る。
ta.i.o.n.o./ha.ka.ru.
量體溫。

たいくつ
退屈
ta.i.ku.tsu.
義 無聊 ⇨ 名詞、な形

例 句

例 あの先生の授業はいつも退屈だ。
a.no.se.n.se.i.no./ju.gyo.u.wa./i.tsu.mo./ta.i.ku.tsu.da.
那個老師的課總是很無聊。

127 **track**

たいざい
滞在する
ta.i.za.i.su.ru.
義 停留 ⇨ 動詞

例 句

例 アメリカに2週間滞在した後、ブラジルに向かった。
a.me.ri.ka.ni./ni.shu.u.ka.n./ta.i.za.i.shi.ta.a.to./bu.ra.ji.ru.ni./mu.ka.tta.
在美國停留2星期後，前往巴西。

track 跨頁共同導讀 127

大した
ta.i.shi.ta.

表 驚人的、了不起　⇨ 連體詞

例 句

例 1千万円貯金したって、大したもんだね。
i.sse.n.ma.n.e.n./cho.ki.n.shi.ta.tte./ta.i.shi.ta.mo.n.da.ne.
存了1千萬日圓，真是了不起呢。

例 大した違いではなかった。
ta.i.shi.ta./chi.ga.i.de.wa./na.ka.tta.
沒什麼太大的不同。

対する
ta.i.su.ru.

表 對於　⇨ 動詞

例 句

例 それに対しては無関心だ。
so.re.ni.ta.i.shi.te.wa./mu.ka.n.shi.n.da.
對那件事漠不關心。

逮捕
ta.i.ho.

表 逮捕　⇨ 名詞

例 句

例 数名の容疑者が逮捕された。
su.u.me.i.no./yo.i.gi.sha.ga./ta.i.ho.sa.re.ta.
好幾名嫌犯被逮捕了。

127 **track** 跨頁共同導讀

だから
da.ka.ra.
義 所以 ⇒ 接續詞

例 句

例 昨日は雨が降った。だから一日中出かけなかっ
た。
ki.no.u.wa./a.me.ga.fu.tta./da.ka.ra./i.chi.ni.chi.ju.u./de.ka.ke.na.ka.tta.
昨天下雨，所以一整天都沒出門。

128 **track**

だけど
da.ke.do.
義 雖然 ⇒ 接續詞

例 句

例 彼女は綺麗だけど、私は好きになれない。
ka.no.jo.wa./ki.re.i.da.ke.do./wa.ta.shi.wa./su.ki.ni.na.re.na.i.
她雖美麗，但我就是不喜歡。

助ける
ta.su.ke.ru.
義 幫助 ⇒ 動詞

例 句

例 助けて下さい。
ta.su.ke.te./ku.da.sa.i.
請幫幫我。

文法篇

單字篇

track 跨頁共同導讀 128

たちば
立場
ta.chi.ba.
義 立場、情況　⇨ 名詞

例 句

例 我が国は今難しい立場にある。
wa.ga.ku.ni.wa./i.ma.mu.zu.ka.shi.i./ta.chi.ba.ni.a.ru.
我國現在正處於艱難的情況。

例 田中さんは立場を明らかにしなかった。
ta.na.ka.sa.n.wa./ta.chi.ba.o./a.ki.ra.ka.ni./shi.na.ka.tta.
田中先生並沒有表明立場。

た
経つ
ta.tsu.
義 流逝、過　⇨ 動詞

例 句

例 時の経つのは早い。
to.ki.no.ta.tsu.no.wa./ha.ya.i.
時間流逝得很快。

だって
da.tte.
義 因為　⇨ 接續詞

例 句

Ⓐ まだその本を読んでるの。
ma.da.so.no.ho.n.o./yo.n.de.ru.no.
你還在讀那本書嗎？

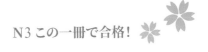

128 **track** 跨頁共同導讀

B だって1000ページもあるんだもの。

da.tte./se.n.pe.e.ji.mo./a.ru.n.da.mo.no.

因為它有 1000 頁嘛。

129 **track**

たっぷり

ta.ppu.ri.

義 充足、很多 ⇨ 副詞

例 句

例 時間はたっぷりある。

ji.ka.n.wa./ta.ppu.ri.a.ru.

有很多時間。

たとえ

ta.to.e.

義 例子 ⇨ 名詞

例 句

例 いろいろなたとえを使って話をした。

i.ro.i.ro.na./ta.to.e.o./tsu.ka.tte./ha.na.shi.o./shi.ta.

舉很多例子來說。

例 たとえを言う。

ta.to.e.o.i.u.

譬如說。

track 跨頁共同導讀 129

たびたび
ta.bi.ta.bi.
義 常常 ⇨ 副詞

例 句

例 彼には度々会います。
ka.re.ni.wa./ta.bi.ta.bi.a.i.ma.su.
我常和他見面。

多分
ta.bu.n.
義 大概 ⇨ 副詞

例 句

例 多分合格するだろう。
ta.bu.n./go.u.ka.ku.su.ru.da.ro.u.
大概會通過吧。

 track 130

たまたま
ta.ma.ta.ma.
義 恰巧 ⇨ 副詞

例 句

例 たまたま二人は同じ電車に乗り合わせた。
ta.ma.ta.ma./fu.ta.ri.wa./o.na.ji.de.n.sha.ni./no.ri.a.wa.se.ta.
兩個人恰巧搭同一班電車。

130 **track** 跨頁共同導讀

たまらない
ta.ma.ra.na.i.
義 受不了　⇨ 連語

例 句

例 今日は暑くてたまらない。
kyo.u.wa./a.tsu.ku.te./ta.ma.ra.na.i.
今天熱得受不了。

例 この味がなんともたまらない。
ko.no.a.ji.ga./na.n.to.mo./ta.ma.ra.na.i.
這個滋味我喜歡得不得了。

黙る
da.ma.ru.
義 沉默、閉嘴　⇨ 動詞

例 句

例 黙れ。
da.ma.re.
閉嘴！

例 彼は黙って出て行った。
ka.re.wa./da.ma.tte./de.te.i.tta.
他默默地走了出去。

文法篇

單字篇

track 跨頁共同導讀 130

駄目
だめ
da.me.
義 不行、沒用 ⇨ 名詞、な形

例 句

例 いくらやっても駄目だった。
だめ
i.ku.ra.ya.tte.mo./da.me.da.tta.
再怎麼做都是白費。

担当
たんとう
ta.n.to.u.
義 負責 ⇨ 名詞

例 句

例 彼が会計を担当した。
かれ かいけい たんとう
ka.re.ga./ka.i.ke.i.o./ta.n.to.u.shi.ta.
他負責算帳。

 **track** 131

単なる
たん
ta.n.na.ru.
義 只是 ⇨ 連體詞

例 句

例 単なる風邪ですよ。
たん かぜ
ta.n.na.ru./ka.ze.de.su.yo.
只是小感冒而已。

131 **track** 跨頁共同導讀

---

^{たん}
単に
ta.n.ni.
義 單純、只是 ⇨ 副詞

例 句

例 理由は^{りゆう}単^{たん}にそれだけではなかった。
ri.yu.u.wa./ta.n.ni./so.re.da.ke.de.wa.na.ka.tta.
理由不只是那個。

---

^{ちが}
違い
chi.ga.i.
義 錯誤 ⇨ 名詞

例 句

例 それは大^{たい}した違^{ちが}いだ。
so.re.wa./ta.i.shi.ta./chi.ga.i.da.
那是很嚴重的錯誤。

---

^{ちが}
違いない
chi.ga.i.na.i.
義 沒錯 ⇨ 連語

例 句

例 田中^{たなか}さんの家^{いえ}はこの辺^{へん}に違^{ちが}いない。
ta.na.ka.sa.n.no./i.e.wa./ko.no.he.n.ni./chi.ga.i.na.i.
田中先生的家是在這附近沒錯。

文法篇

單字篇

track 跨頁共同導讀 131

ちかごろ
近頃
chi.ka.go.ro.
義 最近 ⇨ 名詞、副詞

 例 句

例 近頃景気はどうですか。

chi.ka.go.ro./ke.i.ki.wa./do.u.de.su.ka.

最近的景氣如何？

track 132

ちゃんと
cha.n.to.
義 好好地 ⇨ 副詞

例 句

例 ちゃんと仕事をする。

cha.n.to.shi.go.to.o./su.ru.

好好地工作。

ちゅうし
中止
chu.u.shi.
義 中止、中斷 ⇨ 名詞

例 句

例 今日予定の試合は中止になった。

kyo.u./yo.te.i.no./shi.a.i.wa./chu.u.shi.ni./na.tta.

今天預定的比賽中止了。

132 **track** 跨頁共同導讀

例 イベントは雨のため中止になった。

i.be.n.to.wa./a.me.no.ta.me./chu.u.shi.ni.na.tta.

活動因雨中止。

ちゅうしょく
昼食
chu.u.sho.ku.

義午餐 ⇨ 名詞

例 句

例 昼食をとる。

chu.u.sho.ku.o.to.ru.

吃午餐。

ちゅうしん
中心
chu.u.shi.n.

義中心 ⇨ 名詞

例 句

例 彼女の家は市の中心にある。

ka.no.jo.no./i.e.wa./shi.no.chu.u.shi.n.ni./a.ru.

她家在市中心。

ちゅうもく
注目
chu.u.mo.ku.

義注意、注目 ⇨ 名詞

例 句

例 環境問題は最近広く注目を集めている。

ka.n.kyo.u.mo.n.da.i.wa./sa.i.ki.n./hi.ro.ku./chu.u.mo.ku.o./a.tsu.me.te.i.ru.

環保議題最近受到廣泛的注目。

 track 133

注文
ちゅうもん
chu.u.mo.n.

義 訂購　⇨ 名詞

例 句

例 注文を取り消す。
ちゅうもん　と　け
chu.u.mo.n.o./to.ri.ke.su.

取消訂購。

ちょうだい
cho.u.da.i.

義 領受、收到、吃、請　⇨ 名詞(謙讓語)

例 句

例 お祝いの言葉をちょうだいする。
いわ　ことば
o.i.wa.i.no./ko.to.ba.o./cho.u.da.i.su.ru.

領受祝福的話語。

例 十分ちょうだいしました。
じゅうぶん
ju.u.bu.n./cho.u.da.i./shi.ma.shi.ta.

吃得很飽了。

例 知らせてちょうだいね。
し
shi.ra.se.te./cho.u.da.i.ne.

請通知我喔。

ついに
tsu.i.ni.

義 終於　⇨ 副詞

133 **track** 跨頁共同導讀

例 句

例 新しい駅の建設はついに完成した。
a.ta.ra.shi.i.e.ki.no./ke.n.se.tsu.wa./tsu.i.ni./ka.n.se.i.shi.ta.
新車站終於蓋好了。

捕まる
つか
tsu.ka.ma.ru.
義 被抓到　⇨ 動詞

例 句

例 あの人が万引きで捕まった。
a.no.hi.to.ga./ma.n.bi.ki.de./tsu.ka.ma.tta.
那個人因為偷竊被捕。

掴む
つか
tsu.ka.mu.
義 抓住　⇨ 動詞

例 句

例 警官は犯人の腕をつかんだ。
ke.i.ka.n.wa./ha.n.ni.n.no./u.de.o./tsu.ka.n.da.
警察抓住犯人的手。

 134 **track**

常に
つね
tsu.ne.ni.
義 經常、總是　⇨ 副詞

track 跨頁共同導讀 134

例 句

例 彼は常に文句を言っている。
ka.re.wa.tsu.ne.ni./mo.n.ku.o./i.tte.i.ru.
他總是在抱怨。

つまり
tsu.ma.ri.

義 換句話說、也就是說 ⇨ 副詞

例 句

例 つまり私はあなたをもう信用出来ないということ
です。
tsu.ma.ri./wa.ta.shi.wa./a.na.ta.o./mo.u./shi.n.yo.u.de.ki.na.i.to./i.u.ko.
to.de.su.
也就是說我已經不信任你了。

例 母の姉の息子、つまり私のいとこが近く上京して
くる。
ha.ha.no./a.ne.no./mu.su.ko./tsu.ma.ri.wa.ta.shi.no./i.to.ko.ga./chi.ka.
ku./jo.u.kyo.u.shi.te.ku.ru.
媽媽的姊姊的兒子，換句話說就是我表弟(哥)，最近要到東
京來。

梅雨
tsu.yu.

義 梅雨 ⇨ 名詞

例 句

例 梅雨に入った。
tsu.yu.ni./ha.i.tta.
進入梅雨季。

134 **track** 跨頁共同導讀

文
法
篇

單
字
篇

例 梅雨が明けた。

tsu.yu.ga./a.ke.ta.

梅雨季結束了。

つらい

tsu.ra.i.

義 痛苦、難受　⇨ い形

例 句

例 そのことは思い出すだけでもつらい。

so.no.ko.to.wa./o.mo.i.da.su.da.ke.de.mo./tsu.ra.i.

那件事光是想起來就覺得難受。

釣り

tsu.ri.

義 釣魚、找錢　⇨ 名詞

例 句

例 趣味は釣りです。

shu.mi.wa./tsu.ri.de.su.

興趣是釣魚。

例 500円のお釣りです。

go.hya.ku.e.n.no./o.tsu.ri.de.su.

找你500日圓。

135 **track**

できるだけ

de.ki.ru.da.ke.

義 盡可能　⇨ 慣用語

track 跨頁共同導讀 135

例 句

例 できるだけ努力しなさい。

de.ki.ru.da.ke./do.ryo.ku.shi.na.sa.i.

請你盡可能地努力。

できれば
de.ki.re.ba.
義 可以的話 ⇨ 連語

例 句

例 できれば電話してもらいたい。

de.ki.re.ba./de.n.wa.shi.te.mo.ra.i.ta.i.

可以的話希望能給我個電話。

例 できればその人に会いたくない。

de.ki.re.ba./so.no.hi.to.ni./a.i.ta.ku.na.i.

可以的話不想見到那個人。

徹夜する
te.tsu.ya.su.ru.
義 熬夜 ⇨ 動詞

例 句

例 徹夜して勉強する。

te.tsu.ya.shi.te./be.n.kyo.u.su.ru.

熬夜念書。

では
de.wa.
義 那麼 ⇨ 接續詞

135 **track** 跨頁共同導讀

例 句

例 では、また明日。
de.wa./ma.ta.a.shi.ta.
那麼，明天見。

136 **track**

手間
て ま
te.ma.
義 工夫、勞力和時間 ⇨ 名詞

例 句

例 手間が掛かる。
te.ma.ga./ka.ka.ru.
費工夫。

例 手間が省ける。
て ま は ぶ
te.ma.ga./ha.bu.ke.ru.
省工夫。

どうしても
do.u.shi.te.mo.
義 無論如何、怎麼都 ⇨ 副詞

例 句

例 どうしても今日中に終えなければならない。
きょう じゅう お
do.u.shi.te.mo./kyo.u.ju.u.ni./o.e.na.ke.re.ba./na.ra.na.i.
無論如何都一定要在今天結束。

例 どうしても中学時代の先生の名前を思い出せない。
ちゅう がく じ だい せん せい な まえ おも だ
do.u.shi.te.mo./chu.u.ga.ku.ji.da.i.no./se.n.se.i.no./na.ma.e.o./o.mo.i.da.se.na.i.
怎麼都想不起中學老師的名字。

track 跨頁共同導讀 136

とうちゃく
到着
to.u.cha.ku.
義 到達 ⇨ 名詞

例 句

例 飛行機は定刻に到着した。
hi.ko.u.ki.wa./te.i.ko.ku.ni./to.u.cha.ku.shi.ta.

飛機準時到達。

どうりょう
同僚
do.u.ryo.u.
義 同事 ⇨ 名詞

例 句

例 同僚と飲みに行く。
do.u.ryo.u.to./no.mi.ni.i.ku.

和同事去喝一杯。

どうろ
道路
do.u.ro.
義 道路 ⇨ 名詞

例 句

例 道路を建設する。
do.u.ro.o./ke.n.se.tsu.su.ru.

鋪路。

137 **track**

とかい
都会
to.ka.i.
義 **都市** ⇨ 名詞

例 句

例 彼女は都会育ちだ。
ka.no.jo.wa./to.ka.i.so.da.chi.da.
她是在都市長大的。

とくい
得意
to.ku.i.
義 **拿手** ⇨ 名詞、な形

例 句

例 彼は理科が得意だ。
ka.re.wa./ri.ka.ga./to.ku.i.da.
他對理科很拿手。

どくしょ
読書
do.ku.sho.
義 **閲讀** ⇨ 名詞

例 句

例 趣味は読書です。
shu.mi.wa./do.ku.sho.de.su.
興趣是閱讀。

track 跨頁共同導讀 137

独身
do.ku.shi.n.
義 單身　⇨ 名詞

例 句

例 一生独身で過ごす。

i.ssho.u.do.ku.shi.n.de./su.go.su.

一輩子單身。

特徴
to.ku.cho.u.
義 特徵、特色　⇨ 名詞

例 句

例 彼の笑い方には特徴がある。

ka.re.no./wa.ra.i.ka.ta.ni.wa./to.ku.cho.u.ga./a.ru.

他的笑法很有特色。

track 138

どこか
do.ko.ka.
義 某處　⇨ 連語

例 句

例 彼は日本のどこかに家を買った。

ka.re.wa./ni.ho.n.no./do.ko.ka.ni./i.e.o.ka.tta.

他在日本某處買了房子。

文法篇

單字篇

年寄り
と し よ

to.shi.yo.ri.

義 老年人、銀髪族 ⇨ 名詞

例 句

例 年寄りの面倒を見る。
と し よ　　　　　　めんどう　　　み

to.shi.yo.ri.no./me.n.do.u.o./mi.ru.

照顧老年人。

突然
とつぜん

to.tsu.ze.n.

義 突然 ⇨ 副詞 、 な形

例 句

例 彼は突然大声で叫んだ。
かれ　　とつぜんおおごえ　　さけ

ka.re.wa./to.tsu.ze.n./o.o.go.e.de./sa.ke.n.da.

他突然大聲喊叫。

とにかく

to.ni.ka.ku.

義 總之 ⇨ 副詞

例 句

例 とにかく課長に聞いてみましょう。
か ちょう　き

to.ni.ka.ku./ka.cho.u.ni./ki.i.te.mi.ma.sho.u.

總之去問課長看看吧。

共に
とも

to.mo.ni.

義 共同、一起 ⇨ 副詞

 track 跨頁共同導讀 138

例 句

例 二人は共に試験に落ちた。

fu.ta.ri.wa./to.mo.ni./shi.ke.n.ni./o.chi.ta.

兩個人都落榜了。

例 行動を共にする。

ko.u.do.u.o./to.mo.ni./su.ru.

共同行動。

track 139

ドライブ
do.ra.i.bu.

義 兜風 ⇨ 名詞

例 句

例 車で海辺までドライブした。

ku.ru.ma.de./u.mi.be.ma.de./do.ra.i.bu.shi.ta.

開車兜風到海邊。

ドラマ
do.ra.ma.

義 連續劇 ⇨ 名詞

例 句

例 ドラマを製作する。

do.ra.ma.o./se.i.sa.ku.su.ru.

製作連續劇。

文法篇

單字篇

努力
do.ryo.ku.
義 努力 ⇨ 名詞

例 句

例 できるだけ努力します。
de.ki.ru.da.ke./do.ryo.ku.shi.ma.su.
盡可能努力。

例 私たちの最大の努力も無駄でした。
wa.ta.shi.ta.chi.no.sa.i.da.i.no./do.ryo.ku.mo./mu.da.de.shi.ta.
我們盡了最大努力還是失敗了。

どれ
do.re.
義 哪個 ⇨ 代名詞

例 句

例 どれが一番いい計画だろうか。
do.re.ga./i.chi.ba.n./i.i.ke.i.ka.ku.da.ro.u.ka.
哪個是最好的計畫呢？

とんでもない
to.n.de.mo.na.i.
義 不得了、沒什麼、哪兒的話 ⇨ い形

例 句

例 とんでもない値段。
to.n.de.mo.na.i.ne.da.n.
高得不得了的價錢。

track 跨頁共同導讀 139

Ⓐ 待_またせたな。

ma.ta.se.ta.na.

讓你久等了。

Ⓑ とんでもない、僕_{ぼく}も今_{いま}来_きたところだ。

to.n.de.mo.na.i./bo.ku.mo./i.ma.ki.ta.to.ko.ro.da.

沒什麼。我也才剛來。

 track 140

どんな

do.n.na.

�義 怎麼樣的　⇨ な形

㊡句

㊌ どんな人_{ひと}が好_すきですか。

do.n.na.hi.to.ga./su.ki.de.su.ka.

喜歡怎麼樣的人呢？

㊌ どんな方法_{ほうほう}でやっても構_{かま}わない。

do.n.na.ho.u.ho.u.de./ya.tte.mo.ka.ma.wa.na.i.

不管用什麼方法都沒關係。

どんなに

do.n.na.ni.

㊨ 再怎麼、多麼　⇨ 副詞

㊡句

㊌ どんなに急_{いそ}いでももう間_まに合_あわない。

do.n.na.ni./i.so.i.de.mo./mo.u./ma.ni.a.wa.na.i.

再怎麼趕都來不及。

例 どんなに悲しかったでしょう。

do.n.na.ni./ka.na.shi.ka.tta.de.sho.u.

是多麼地可悲啊。

な行

なかなか

na.ka.na.ka.

義 非常、(不)容易 ⇨ 副詞、な形

例 句

例 今日はなかなか暑い。

kyo.u.wa./na.ka.na.ka.a.tsu.i

今天非常熱。

例 課長は僕の言うことをなかなか理解しなかった。

ka.cho.u.wa./bo.ku.no./i.u.ko.to.o./na.ka.na.ka./ri.ka.i.shi.na.ka.tta.

課長總不理解我說的事。

仲間

na.ka.ma

義 朋友、同伴、夥伴 ⇨ 名詞

例 句

例 田中君は大学時代の仲間だ。

ta.na.ka.ku.n.wa./da.i.ga.ku.ji.da.i.no./na.ka.ma.da.

田中是我大學時的朋友。

141 **track**

眺める

na.ga.me.ru.

義 凝視、眺望、盯著 ⇨ 動詞

track 跨頁共同導讀 141

例 句

例 人の顔を眺める。

hi.to.no.ka.o.o./na.ga.me.ru.

盯著人家的臉看。

例 窓から景色を眺める。

ma.do.ka.ra./ke.shi.ki.o./na.ga.me.ru.

從窗戶眺望景色。

流れる

na.ga.re.ru.

流、流傳　⇨ 動詞

例 句

例 涙が流れた。

na.mi.da.ga./na.ga.re.ta.

流淚。

例 噂が流れる。

u.wa.sa.ga./na.ga.re.ru.

流傳著謠言。

納得

na.tto.ku.

義 理解、承認、接受　⇨ 名詞

例 句

例 あなたの提案は納得できない。

a.na.ta.no./te.i.a.n.wa./na.tto.ku.de.ki.na.i.

我無法接受你的提案。

141 **track** 跨頁共同導讀

例 納得がいくように説明してやった。

na.tto.ku.ga.i.ku.yo.u.ni./se.tsu.me.i.shi.te.ya.tta.

做出讓對方理解的說明。

など
na.do.
義 之類、之類的、這等　⇨ 副詞

例 句

例 彼らは私の姓名、年齢などを尋ねた。

ka.re.ra.wa./wa.ta.shi.no.se.i.me.i./ne.n.re.i.na.do.o./ta.zu.ne.ta.

他們尋問我的姓名、年齡等等。

例 私などにはできない事です。

wa.ta.shi.na.do.ni.wa./de.ki.na.i.ko.to.de.su.

這對我來說是件辦不到的難事。(自謙)

142 **track**

怠ける
na.ma.ke.ru.
義 偷懶、怠惰　⇨ 動詞

例 句

例 仕事を怠けてはいけない。

shi.go.to.o./na.ma.ke.te.wa.i.ke.na.i.

工作不可偷懶。

涙
na.mi.da.
義 眼淚　⇨ 名詞

track 跨頁共同導讀 142

例 句

例 涙を流す。

na.mi.da.o./na.ga.su.

流淚。

悩む

na.ya.mu.

義 煩惱 ⇨ 動詞

例 句

例 借金に悩んでいる。

sha.kki.n.ni./na.ya.n.de.i.ru.

為負債而煩惱。

何で

na.n.de.

義 為何、為什麼 ⇨ 副詞

例 句

例 何で遅刻したか言いなさい。

na.n.de./chi.ko.ku.shi.ta.ka./i.i.na.sa.i.

說清楚你為什麼遲到。

何でも

na.n.de.mo.

義 什麼都 ⇨ 副詞、連語

例 句

142 **track** 跨頁共同導讀

例 彼女_{かのじょ}は何_{なん}でも出来_{でき}る。

ka.no.jo.wa./na.n.de.mo./de.ki.ru.

她什麼都做得到。

143 **track**

なん
何とか
na.n.to.ka.
義 想辦法、總算 ⇨ 副詞、連語

例 句

例 何_{なん}とか間_まに合_あった。

na.n.to.ka./ma.ni.a.tta.

總算是來得及。

例 何_{なん}とかしていただけませんか。

na.n.to.ka./shi.te.i.ta.da.ke.ma.se.n.ka.

能不能請你想想辦法呢？

にあ
似合う
ni.a.u.
義 適合 ⇨ 動詞

例 句

例 そのコートは彼女_{かのじょ}によく似合_{にあ}う。

so.no.ko.o.to.wa./ka.no.jo.ni./yo.ku.ni.a.u.

那件大衣很適合她。

におい
匂い
ni.o.i.
義 香味、氣味 ⇨ 名詞

track 跨頁共同導讀 143

例 句

例 料理の匂いがする。

ryo.u.ri.no./ni.o.i.ga.su.ru.

傳來做菜的香味。

苦手
ni.ga.te.
義 不拿手 ⇨ な形

例 句

例 人と接するのが苦手だ。

hi.to.to./se.ssu.ru.no.ga./ni.ga.te.da.

不擅長於人相處。

握る
ni.gi.ru.
義 握 ⇨ 動詞

例 句

例 車のハンドルを握る。

ku.ru.ma.no./ha.n.do.ru.o./ni.gi.ru.

握著車子方向盤。

例 あの人が権力を握っている。

a.no.hi.to.ga./ke.n.ryo.ku.o./ni.gi.tte.i.ru.

那個人握有大權。

144 **track**

人気（にんき）
ni.n.ki.

義 受歡迎 ⇨ 名詞

例 句

例 あの俳優（はいゆう）は若者（わかもの）に人気（にんき）がある。

a.no.ha.i.yu.u.wa./wa.ka.mo.no.ni./ni.n.ki.ga.a.ru.

那位演員很受年輕人歡迎。

人間（にんげん）
ni.n.ge.n.

義 人類 ⇨ 名詞

例 句

例 人間（にんげん）は考（かんが）える動物（どうぶつ）だ。

ni.n.ge.n.wa./ka.n.ga.e.ru.do.u.bu.tsu.da.

人類是思考的動物。

濡（ぬ）れる
nu.re.ru.

義 濕 ⇨ 動詞

例 句

例 濡（ぬ）れた服（ふく）を乾（かわ）かす。

nu.re.ta.fu.ku.o./ka.wa.ka.su.

把濕的衣服晒乾。

値段（ねだん）
ne.da.n.

義 價格 ⇨ 名詞

track 跨頁共同導讀 144

例 句

例 野菜の値段が安い。
ya.sa.i.no./ne.da.n.ga./ya.su.i.
蔬菜的價格很便宜。

ねっしん
熱心
ne.sshi.n.
義 熱心、熱情　⇨ 名詞、 な形

例 句

例 熱心に勉強する。
ne.sshi.n.ni.be.n.kyo.u.su.ru.
熱心地學習。

ねっちゅう
熱中
ne.cchu.u.
義 熱中　⇨ 名詞

例 句

例 研究に熱中している。
ke.n.kyu.u.ni./ne.cchu.u.shi.te.i.ru.
熱中於研究。

track 145

のうりょく
能力
no.u.ryo.ku.
義 能力　⇨ 名詞

例 句

例 彼女にはその仕事をやる能力がない。

ka.no.ji.ni.wa./so.no.shi.go.to.o./ya.ru.no.u.ryo.ku.ga.na.i.

她沒有做那個工作的能力。

除く
no.zo.ku.
義 去除、除了 ⇒ 動詞

例 句

例 不安を除く。

fu.a.n.o./no.zo.ku.

消除不安。

例 彼を除いて皆賛成だ。

ka.re.o./no.zo.i.te./mi.na.sa.n.se.i.da.

除了他大家都贊成。

のど
no.do.
義 喉嚨 ⇒ 名詞

例 句

例 のどが痛い。

no.do.ga.i.ta.i.

喉嚨很痛。

track 跨頁共同導讀 145

例 彼女はあの指輪をのどから手が出るほど欲しがっている。

ka.no.jo.wa./a.no.yu.bi.wa.o./no.do.ka.ra.te.ga.de.ru.ho.do./ho.shi.ga.tte.i.ru.

她十分想要那個戒指。(慣用語：のどから手が出る，十分想要之意。)

述べる
no.be.ru.
義 敘述、說明 ⇨ 動詞

例 句

例 私は真実を述べているのです。

wa.ta.shi.wa./shi.n.ji.tsu.o./no.be.te.i.ru.no.de.su.

我敘述的都是事實。

track 146

のんびり
no.n.bi.ri.
義 悠閒、逍遙自在 ⇨ 副詞

例 句

例 退職したらのんびりと暮らす。

ta.i.sho.ku.shi.ta.ra./no.n.bi.ri.to./ku.ra.su.

退休之後悠閒地生活。

146 **track** 跨頁共同導讀

は行

ハイキング
ha.i.ki.n.gu.
義 健行　⇨ 名詞

例 句
例 長野へハイキングに行く。
な が の
na.ga.no.e./ha.i.ki.n.gu.ni./i.ku.
到長野健行。

配達
はいたつ
ha.i.ta.tsu.
義 配送　⇨ 名詞

例 句
例 市内は無料配達です。
し な い　　む りょう はい たつ
shi.na.i.wa./mu.ryo.u.ha.i.ta.tsu.de.su.
市區內免費配送。

147 **track**

吐く
は
ha.ku.
義 吐　⇨ 名詞

例 句
例 車酔いで吐きそうだ。
くるま よ　　　は
ku.ru.ma.yo.i.de./ha.ki.so.u.da.
因為暈車所以想吐。

track 跨頁共同導讀 147

はげ
激しい
ha.ge.shi.i.
義 激烈、強烈、很　⇨ い形

例 句

例 激しく議論する。
ha.ge.shi.ku./gi.ro.n.su.ru.
激烈地討論。

はだ
肌
ha.da.
義 皮膚　⇨ な形

例 句

例 彼女は肌が白い。
ka.no.jo.wa./ha.da.ga./shi.ro.i.
她的皮膚很白。

はだか
裸
ha.da.ka.
義 裸體　⇨ 名詞

例 句

例 裸の姿を人に見られた。
ha.da.ka.no./su.ga.ta.o./hi.to.ni./mi.ra.re.ta.
被人看到裸體。

147 **track** 跨頁共同導讀

発見する
_{はっけん}
ha.kke.n.su.ru.

義 發現 ⇨ 動詞

例 句

例 誤りを発見した。
_{あやま} _{はっけん}

a.ya.ma.ri.o./ha.kke.n.shi.ta.

發現錯誤。

148 **track**

ばったり
ba.tta.ri.

義 偶然、突然、突然停止 ⇨ 副詞

例 句

例 駅で彼にばったり出会った。
_{えき} _{かれ} _{で あ}

e.ki.de./ka.re.ni./ba.tta.ri./de.a.tta.

在車站和他巧遇。

例 音はばったりとやんだ。
_{おと}

o.to.wa./ba.tta.ri.to./ya.n.da.

聲音嘎然停止。

例 ばったり倒れる。
_{たお}

ba.tta.ri.ta.o.re.ru.

突然倒下。

発展
_{はってん}
ha.tte.n.

義 發展 ⇨ 名詞

track 跨頁共同導讀 148

例 句

例 <ruby>小<rt>ちい</rt></ruby>さな<ruby>会社<rt>かいしゃ</rt></ruby>から<ruby>発展<rt>はってん</rt></ruby>して<ruby>大手企業<rt>おおてきぎょう</rt></ruby>になった。

chi.i.sa.na.ka.i.sha.ka.ra./ha.tte.n.shi.te./o.o.te.ki.gyo.u.ni./na.tta.

從小公司發展成大企業。

<ruby>発表<rt>はっぴょう</rt></ruby>

ha.ppyo.u.

義 發表、公布　⇨ 名詞

例 句

例 <ruby>婚約<rt>こんやく</rt></ruby>を<ruby>発表<rt>はっぴょう</rt></ruby>する。

ko.n.ya.ku.o./ha.ppyo.u.su.ru.

公布婚約。

<ruby>発明<rt>はつめい</rt></ruby>

ha.tsu.me.i.

義 發明　⇨ 名詞

例 句

例 <ruby>必要<rt>ひつよう</rt></ruby>は<ruby>発明<rt>はつめい</rt></ruby>の<ruby>母<rt>はは</rt></ruby>である。

hi.tsu.yo.u.wa./ha.tsu.me.i.no./ha.ha.de.a.ru.

需要是發明之母。

<ruby>話<rt>はな</rt></ruby>し<ruby>合<rt>あ</rt></ruby>う

ha.na.shi.a.u.

義 商量、討論　⇨ 動詞

例 句

 149 **track**

例 仕事のことで彼女と話し合った。

shi.go.to.no.ko.to.de./ka.no.jo.to./ha.na.shi.a.tta.

和她商量工作的事情。

離れる
ha.na.re.ru.

義 距離、離開 ⇨ 動詞

例 句

例 彼は会社から10キロ離れた所に住んでいる。

ka.re.wa./ka.i.sha.ka.ra./ju.kki.ro.ha.na.re.ta./to.ko.ro.ni./su.n.de.i.ru.

他住在距離公司10公里的地方。

場面
ba.me.n.

義 情況 ⇨ 名詞

例 句

例 悲しい場面。

ka.na.shi.i./ba.me.n.

悲傷的情況。

番
ba.n.

義 號、順序 ⇨ 名詞

例 句

例 次は私の番だ。

tsu.gi.wa./wa.ta.shi.no.ba.n.da.

接下來輪到我了。

track 跨頁共同導讀 149

はんだん
判断
ha.n.da.n.
義 判斷 ⇨ 名詞

例 句

例 公正な判断を下す。
ko.u.se.i.na./ha.n.da.no./ku.da.su.
下公正的判斷。

はんにん
犯人
ha.n.ni.n.
義 犯人 ⇨ 名詞

例 句

例 だれが犯人か分からない。
da.re.ga./ha.n.ni.n.ka./wa.ka.ra.na.i.
不知道誰是犯人。

track 150

ひざ
膝
hi.za.
義 膝蓋 ⇨ 名詞

例 句

例 膝を曲げる。
hi.za.o.ma.ge.ru.
屈膝。

150 **track** 跨頁共同導讀

非常に
hi.jo.u.ni.
義 十分、非常 ⇨ 副詞

例 句

例 非常に疲れている。

hi.jo.u.ni./tsu.ka.re.te.i.ru.

十分疲累。

額
hi.ta.i.
義 額頭 ⇨ 名詞

例 句

例 子供の額に手を当てる。

ko.do.mo.no./hi.ta.i.ni./te.o.a.te.ru.

把手放在小孩的額頭上。

例 額を集める。

hi.ta.i.o./a.tsu.me.ru.

聚集各方人士。(慣用語)

例 猫の額のような狭い土地。

ne.ko.no./hi.ta.i.no.yo.u.na./se.ma.i.to.chi.

極狹小的土地。(慣用語：猫の額，比喻極小的地方)

びっくり(する)
bi.kku.ri.su.ru.
義 嚇一跳 ⇨ 副詞

例 句

track 跨頁共同導讀 150

例 びっくりしました。

bi.kku.ri.shi.ma.shi.ta.

跳我一跳。

独 (ひと) り

hi.to.ri.

義 一個人、獨自、單獨　⇨ 名詞、副詞

例 句

例 独りで考えてみなさい。

hi.to.ri.de./ka.n.ga.e.te.mi.na.sa.i.

請自己一個人思考看看。

例 それは独り日本だけの問題ではない。

so.re.wa./hi.to.ri.ni.ho.n.da.ke.no./mo.n.da.i.de.wa.na.i.

這不單獨是日本的問題。

track 151

秘密 (ひみつ)

hi.mi.tsu.

義 祕密　⇨ 名詞

例 句

例 秘密を守る。

hi.mi.tsu.o./ma.mo.ru.

保守秘密。

微妙 (びみょう)

bi.myo.u.

義 微妙　⇨ 名詞、な形

151 **track** 跨頁共同導讀

例 句

例 情勢は微妙だ。

jo.u.se.i.wa./bi.myo.u.da.

情況很微妙。

ひょうじょう
表情

hyo.u.jo.u.

義 表情　⇨ 名詞

例 句

例 母は悲しげな表情をしている。

ha.ha.wa./ka.na.shi.ge.na./hyo.u.jo.u.o./shi.te.i.ru.

媽媽露出哀傷的表情。

ふあん
不安

fu.a.n.

義 不安　⇨ 名詞、な形

例 句

例 不安な一日を過ごした。

fu.a.n.na./i.chi.ni.chi.o./su.go.shi.ta.

度過不安的一天。

ふく
含む

fu.ku.mu.

義 包含　⇨ 動詞

例 句

track 跨頁共同導讀 151

例 放射性物質を含んだ水。

ho.u.sha.se.n.bu.sshi.tsu.o./fu.ku.n.da./mi.zu.

含有放射性物質的水。

 track 152

袋
fu.ku.ro.

義 袋子　⇨ 名詞

例 句

例 りんごを袋から出す。

ri.n.go.o./fu.ku.ro.ka.ra.da.su.

把蘋果從袋子拿出來。

不幸
fu.ko.u.

義 不幸　⇨ 名詞、な形

例 句

例 不幸を招く。

fu.ko.u.o./ma.ne.ku.

招來不幸。

無事
bu.ji.

義 平安、無事　⇨ 名詞、な形

例 句

152 **track** 跨頁共同導讀

例 全員無事に避難した。
ぜんいんぶじ　　ひなん

ze.n.i.n.bu.ji.ni./hi.na.n.shi.ta.

全部的人都平安避難。

不思議
ふしぎ

fu.shi.gi.

義 不可思議、神奇　⇨ 名詞 、 な形

例 句

例 不思議な事件が起きた。
ふしぎ　　じけん　お

fu.shi.gi.na./ji.ke.n.ga./o.ki.ta.

發生了不可思議的事。

不自由
ふじゆう

fu.ji.yu.u.

義 不方便、不自由　⇨ 名詞 、 な形

例 句

例 何不自由なく育てられた。
なにふじゆう　　そだ

na.ni.fu.ji.yu.u.na.ku./so.da.te.ra.re.ta.

在富裕的環境長大。

例 耳が不自由である。
みみ　ふじゆう

mi.mi.ga./fu.ji.yu.u.de./a.ru.

聽障。

 153 **track**

再び
ふたた

fu.ta.ta.bi.

義 再次　⇨ 副詞

track 跨頁共同導讀 153

例 句

例 再び交渉を開始した。
ふたた こうしょう かいし

fu.ta.ta.bi./ko.u.sho.u.o./ka.i.shi.shi.ta.

再次展開交涉。

普段
ふだん

fu.da.n.

義 平常　⇨ 名詞

例 句

例 普段は7時に起きる。
ふだん しちじ お

fu.da.n.wa./shi.chi.ji.ni./o.ki.ru.

平常是7點起床。

不平
ふへい

fu.he.i.

義 不平、牢騷　⇨ 名詞、な形

例 句

例 不平をもらす。
ふへい

fu.he.i.o./mo.ra.su.

發牢騷。

不滿
ふまん

fu.ma.n.

義 不滿　⇨ 名詞、な形

例 句

例 不滿を口にする。
ふまん くち

fu.ma.n.o./ku.chi.ni.su.ru.

說出不滿。

153 **track** 跨頁共同導讀

震える
fu.ru.e.ru.
義 發抖 ⇨ 動詞

例 句

例 手が震えていた。
te.ga./fu.ru.e.te./i.ta.
手發抖。

154 **track**

雰囲気
fu.n.i.ki.
義 氣氛 ⇨ 名詞

例 句

例 緊張した雰囲気が漂っている。
ki.n.cho.u.shi.ta./fu.n.i.ki.ga./ta.da.yo.tte.i.ru.
洋溢著緊張的氣氛。

別に
be.tsu.ni.
義 沒什麼、沒有 ⇨ 副詞

例 句

例 別に変わった所はなかった。
be.tsu.ni./ka.wa.tta./to.ko.ro.wa./na.ka.tta.
沒什麼奇怪的地方。

track 跨頁共同導讀 154

Ⓐ 何_{なに}かやりたいことがありますか。

na.ni.ka./ya.ri.ta.i.ko.to.ga./a.r.ma.su.ka.

有什麼想做的事情嗎？

Ⓑ いいえ、別_{べつ}に。

i.i.e./be.tsu.ni.

不，沒什麼想做的。

減_へる
he.ru.
義 減少　⇨ 動詞

 例 句

例 収益_{しゅうえき}が減_へった。

shu.u.e.ki.ga./he.tta.

收入減少。

保存_{ほぞん}する
ho.zo.n.su.ru.
義 保存　⇨ 動詞

例 句

例 冷蔵庫_{れいぞうこ}に保存_{ほぞん}する。

re.i.zo.u.ko.ni./ho.zo.n.su.ru.

放在冰箱保存。

骨_{ほね}
ho.ne.
義 骨頭　⇨ 名詞

154 **track** 跨頁共同導讀

例 句

例 転んで足の骨を折った。

ko.ro.n.de./a.shi.no.ho.ne.o./o.tta.

因跌倒造成腳骨折。

 155 **track**

ほぼ

ho.bo.

義 大致上、幾乎 ⇨ 副詞

例 句

例 その仕事はほぼ完了した。

so.no.shi.go.to.wa./ho.bo.ka.n.ryo.u.shi.ta.

那工作大致上都完成了。

微笑む

ho.ho.e.mu.

義 微笑 ⇨ 動詞

例 句

例 微笑みながら迎える。

ho.ho.e.mi.na.ga.ra./mu.ka.e.ru.

笑臉相迎。

褒める

ho.me.ru.

義 稱讚、誇獎 ⇨ 動詞

track 跨頁共同導讀 155

例 句

例 皆が彼のことを褒める。
mi.na.ga./ka.re.no.ko.to.o./ho.me.ru.
大家都誇獎他。

ほんもの
本物
ho.n.mo.no.
表 真品、真貨 ⇨ 名詞

例 句

例 本物と偽物を見分ける。
ho.n.mo.no.to./ni.se.mo.no.o./mi.wa.ke.ru.
分辨真貨和仿冒品。

156 track

文法篇 單字篇

ま行

まあ
ma.a.
義 勸誘、嘆息、驚訝、還可以 ⇨ 副詞、感嘆詞

例句

例 まあ、そう怒（おこ）らないで。
ma.a./so.u.o.ko.ra.na.i.de.
唉呀，別那麼生氣嘛。

例 まあ、やめにしよう。
ma.a./ya.me.ni.shi.yo.u.
唉，放棄吧。

例 まあ、いいだろう。
ma.a./i.i.da.ro.u.
嗯，應該可以了。

例 まあ、素敵（すてき）。
ma.a./su.te.ki.
哇，真棒。

迷子（まいご）
ma.i.go.
義 迷路的人 ⇨ 名詞

例句

例 迷子（まいご）になる。
ma.i.go.ni.na.ru.
迷路了。

track 跨頁共同導讀 156

まか
任せる
ma.ka.se.ru.
義 託付、交給、任由　⇨ 動詞

例 句

例 運を天に任せる。
u.n.o./te.n.ni./ma.ka.se.ru.
聽天由命。

まさか
ma.sa.ka.
義 沒想到、怎麼會、難道、萬一　⇨ 名詞、副詞

例 句

例 まさか優勝になるとは思わなかった。
ma.sa.ka./yu.u.sho.u.ni./na.ru.to.wa./o.mo.wa.na.ka.tta.
沒想到會優勝。

 track 157

まさに
ma.sa.ni.
義 的確、實在、應該　⇨ 副詞

例 句

例 正にその通りです。
ma.sa.ni./so.no.to.o.ri.de.su.
正是如此。

文法篇

單字篇

まず
ma.zu.
義 首先 ⇨ 副詞

例 句

例 駅についたら、まずここに連絡してください。
e.ki.ni./tsu.i.ta.ra./ma.zu.ko.ko.ni./re.n.ra.ku.shi.te./ku.da.sa.i.
到車站之後，請先和我聯絡。

ますます
ma.su.ma.su.
義 漸漸 ⇨ 副詞

例 句

例 理科に対する興味がますます強くなった。
ri.ka.ni./ta.i.su.ru./kyo.u.mi.ga./ma.su.ma.su./tsu.yo.ku.na.tta.
對理科越來越有興趣。

又
ma.ta.
義 又 ⇨ 副詞

例 句

例 昨夜また地震があった。
yu.u.be.ma.ta./ji.shi.n.ga./a.tta.
昨天晚上又地震了。

track 跨頁共同導讀 157

真っ赤
ma.kka.

義 通紅 ⇨ 名詞、な形

例 句

例 顔を真っ赤にする。
ka.o.o./ma.kka.ni.su.ru.
滿臉通紅。

track 158

真っすぐ
ma.ssu.gu.

義 筆直、一直、正直 ⇨ 名詞、な形、副詞

例 句

例 この道を真っすぐ行きなさい。
ko.no.mi.chi.o./ma.ssu.gu./i.ki.na.sa.i.
沿著這條路直走。

全く
ma.tta.ku.

義 完全、真是 ⇨ 副詞

例 句

例 全く存じません。
ma.tta.ku./zo.n.ji.ma.se.n.
完全不知道。

例 彼は全く大したものだ。

ka.re.wa./ma.tta.ku./ta.i.shi.ta.mo.no.da.

他實在了不起。

学ぶ

ma.na.bu.

義 學習 ⇨ 動詞

例 句

例 彼から英語を学んだ。

ka.re.ka.ra./e.i.go.o./ma.na.n.da.

向他學英文。

真似

ma.ne.

義 模仿 ⇨ 名詞

例 句

例 人の話しぶりの真似をする。

hi.to.no./ha.na.shi.bu.ri.no/ma.ne.o.su.ru.

模仿別人講話的樣子。

まるで

ma.ru.de.

義 就像…一樣、完全 ⇨ 副詞

例 句

例 試験の結果はまるで駄目でした。

shi.ke.n.no.ke.kka.wa./ma.ru.de./da.me.de.shi.ta.

考試結果完全不行。

文法篇

單字篇

track 跨頁共同導讀 158

例 あの人はまるでアメリカ人のように英語を話す。

a.no.hi.to.wa./ma.ru.de./a.me.ri.ka.ji.n.no./yo.u.ni./e.i.go.o./ha.na.su.

那人的美語說得就像美國人一樣。

track 159

味方
mi.ka.ta.

義 同伴　⇨ 名詞

例 句

例 あなたはどちらの味方ですか。

a.na.ta.wa./do.chi.ra.no./mi.ka.ta.de.su.ka.

你站在哪一邊？

見事
mi.go.to.

義 精彩、出色、完全、漂亮　⇨ な形、名詞

例 句

例 彼の勇気は見事だ。

ka.re.no./yu.u.ki.wa./mi.go.to.da.

他的勇氣很傑出。

例 お見事。

o.mi.go.to.

真棒。(慣用句)

例 予想が見事に的中した。

yo.so.u.ga./mi.go.to.ni./te.ki.chu.u.shi.ta.

預測完全正確。

159 **track** 跨頁共同導讀

認^とめる
mi.to.me.ru.
義 承認、認可 ⇨ 動詞

例 句

例 ミスを認^とめる。
mi.su.o./mi.to.me.ru.
承認錯誤。

例 才能^{さいのう}が認^とめられた。
sa.i.no.u.ga./mi.to.me.ra.re.ta.
才能被認可。

160 **track**

見舞^{みま}い
mi.ma.i.
義 探病、探望 ⇨ 名詞

例 句

例 入院中^{にゅういんちゅう}の同僚^{どうりょう}を見^み舞^まいに行^いく。
nyu.u.i.n.chu.u.no./do.u.ryo.u.o./mi.ma.i.ni./i.ku.
去探望住院的同事。

土産^{みやげ}
mi.ya.ge.
義 土產、特產 ⇨ 名詞

例 句

例 お土産をもらう。

o.mi.ya.ge.o./mo.ra.u.

收到土產。

無視
mu.shi.
義 無視、不顧　⇨ 名詞

例 句

例 信号を無視する。

shi.n.go.u.o./mu.shi.su.ru.

不顧交通號誌。

無駄
mu.da.
義 徒勞、白費　⇨ 名詞、な形

例 句

例 忠告をしても無駄だった。

chu.u.ko.ku.o.shi.te.mo./mu.da.da.tta.

既使給他忠告了也是白費。

夢中
mu.chu.u.
義 著迷、起勁　⇨ 名詞、な形

例 句

例 彼女はドイツ語の勉強に夢中である。

ka.no.jo.wa./do.i.tsu.go.no./be.n.kyo.u.ni./mu.chu.u.de.a.ru.

她沉迷於學德文。

160 **track** 跨頁共同導讀

滅多に
め った
me.tta.ni.
義 很少 ⇨ 副詞

例 句

例 めったにないチャンスだ。
me.tta.ni.na.i./cha.n.su.da.
少有的機會。

例 めったに彼に会わない。
かれ あ
me.tta.ni./ka.re.ni./a.wa.na.i.
很少見到他。

161 **track**

面倒
めんどう
me.n.do.u.
義 麻煩、費事、照顧 ⇨ 名詞、な形

例 句

例 面倒な事件に巻き込まれた。
めんどう じけん ま こ
me.n.do.u.na.ji.ke.n.ni./ma.ki.ko.ma.re.ta.
被捲入麻煩事。

例 親の面倒を見る。
おや めんどう み
o.ya.no.me.n.do.u.o./mi.ru.
照顧父母。

文法篇

單字篇

track 跨頁共同導讀 161

燃える
mo.e.ru.
義 燃燒、滿懷　⇨ 動詞

例 句

例 木造の家は燃えやすい。

mo.ku.zo.u.no./i.e.wa./mo.e.ya.su.i.

木造的房子容易燃燒。

例 彼の目は怒りに燃えた。

ka.re.no.me.wa./i.ka.ri.ni.mo.e.ta.

他的眼中充滿憤怒。

目的
mo.ku.te.ki.
義 目的　⇨ 名詞

例 句

例 目的を達成する。

mo.ku.te.ki.o./ta.sse.i.su.ru.

達成目的。

最も
mo.tto.mo.
義 最　⇨ 副詞

例 句

例 彼は今最も人気のある歌手だ。

ka.re.wa./i.ma./mo.tto.mo./ni.n.ki.no./a.ru.ka.shu.da.

他是現在最受歡迎的歌手。

 162 **track**

求める
もと
mo.to.me.ru.
義 追求、尋找、要求、請求　⇨ 動詞

例 句

例 職を求めている。
sho.ku.o./mo.to.me.te.i.ru.
找工作。

例 社長に面会を求めた。
sha.cho.u.ni./me.n.ka.i.o./mo.to.me.ta.
請求和社長見面。

物語
ものがたり
mo.no.ga.ta.ri.
義 故事、傳說　⇨ 名詞

例 句

例 何度聞いても面白い物語だ。
na.n.do.ki.i.te.mo./o.mo.shi.ro.i./mo.no.ga.ta.ri.da.
不管聽幾次都覺得有趣的故事。

文句
もんく
mo.n.ku.
義 怨言　⇨ 名詞

例 句

例 文句を言う。
mo.n.ku.o.i.u.
抱怨。

track 跨頁共同導讀 162

や行

やがて
ya.ga.te.
義 不久、馬上　⇨ 副詞

例 句

例 やがて夜になった。
ya.ga.te./yo.ru.ni.na.tta.
不久就入夜了。

約
ya.ku.
義 大約　⇨ 名詞、副詞

例 句

例 この町の人口は約3000人です。
ko.no.ma.chi.no.ji.n.ko.u.wa./ya.ku.sa.n.ze.n.ni.n.de.su.
這城市的人口約3000人。

 track 163

訳す
ya.ku.su.
義 翻譯　⇨ 動詞

例 句

例 この文章を日本語に訳せますか。

ko.no.bu.n.sho.u.o./ni.ho.n.go.ni./ya.ku.se.ma.su.ka.

(你)可以把這文章翻成日文嗎？

役割
ya.ku.wa.ri.
義 任務、作用　⇨ 名詞

例 句

例 自分の役割を果たす。

ji.bu.n.no./ya.ku.wa.ri.o./ha.ta.su.

盡自己的任務。

やはり
ya.ha.ri.
義 依然、畢竟、結果還是、果然　⇨ 副詞

例 句

例 今もやはり東京にお住まいですか。

i.ma.mo./ya.ha.ri./to.u.kyo.u.ni./o.su.ma.i.de.su.ka.

現在還是住在東京嗎？

例 子供はやはり子供だ。

ko.do.mo.wa./ya.ha.ri./ko.do.mo.da.

孩子就是孩子。

例 先生に聞いてみたがやはり分からない。

se.n.se.i.ni./ki.i.te.mi.ta.ga./ya.ha.ri./wa.ka.ra.na.i.

問了老師，結果還是不懂。

track 跨頁共同導讀 163

例 やはりあなただったか。
ya.ha.ri./a.na.ta.da.tta.ka.
果然是你。

辞める
ya.me.ru.
義 辭職、停學、退出 ⇨ 動詞

例 句

例 仕事を辞める。
shi.go.to.o./ya.me.ru.
去工作。

やや
ya.ya.
義 稍微、有點 ⇨ 副詞

例 句

例 やや驚いた様子だった。
ya.ya./o.do.ro.i.ta.yo.u.su.da.tta.
稍微有點吃驚的樣子。

track 164

唯一
yu.i.i.tsu.
義 唯一 ⇨ 名詞

例 句

164 **track** 跨頁共同導讀

例 彼は私の唯一の友達です。
かれ わたし ゆいいつ ともだち

ka.re.wa./wa.ta.shi.no./u.i.i.tsu.no./to.mo.da.chi.de.su.

他是我唯一的朋友。

勇気
ゆうき
yu.u.ki.
義 勇氣 ⇨ 名詞

例 句

例 勇気を出す。
ゆうき だ

yu.u.ki.o.da.su.

拿出勇氣。

床
ゆか
yu.ka.
義 地板 ⇨ 名詞

例 句

例 床を張る。
ゆか は

yu.ka.o.ha.ru.

鋪地板。

愉快
ゆかい
yu.ka.i.
義 愉快、快活 ⇨ 名詞、な形

例 句

例 あの人は愉快な人ですね。
ひと ゆかい ひと

a.no.hi.to.wa./yu.ka.i.na./hi.to.de.su.ne.

那個人真快活。

track 跨頁共同導讀 164

例 愉快な日々を送る。
yu.ka.i.na./hi.bi.o./o.ku.ru.
度過愉快的日子。

ゆた
豊か
yu.ta.ka.
義 富裕、豐富 ⇨ な形

例 句

例 豊かな家に生まれた。
yu.ta.ka.na./i.e.ni.u.ma.re.ta.
生在富裕的家庭。

例 才能豊かな歌手。
sa.i.no.u.yu.ta.ka.na.ka.shu.
充滿才能的歌手。

track 165

ゆっくり
yu.kku.ri.
義 慢慢、安穩、舒適、充分 ⇨ 副詞

例 句

例 ゆっくり立ち上がった。
yu.kku.ri./ta.chi.a.ga.tta.
慢慢站起來。

165 **track** 跨頁共同導讀

例 ゆっくりお休みなさい。

yu.kku.ri./o.ya.su.mi.na.sa.i.

請好好休息。

例 どうぞごゆっくり。

do.u.zo./go.yu.kku.ri.

請自便。/當自己家。

夜明け
yo.a.ke.

義 天亮 ⇨ 名詞

例 句

例 夜明けを待つ。

yo.a.ke.o.ma.tsu.

等天亮。

要するに
yo.u.su.ru.ni.

義 總之 ⇨ 副詞

例 句

例 喧嘩をするのは要するにふたりとも悪い。

ke.n.ka.o./su.ru.no.wa./yo.u.su.ru.ni./fu.ta.ri.to.mo./wa.ru.i.

總之吵架的兩個人都不對。

夜中
yo.na.ka.

義 半夜 ⇨ 名詞

track 跨頁共同導讀 165

例 句

例 夜中まで働く。
yo.na.ka.ma.de./ha.ta.ra.ku.
工作到半夜。

track 166

世の中
yo.no.na.ka.
義 社會、世上、時代 ⇨ 名詞

例 句

例 彼女は世の中を知らない。
ka.no.jo.wa./yo.no.na.ka.o./shi.ra.na.i.
她不知世事。

例 もう世の中が変わったのだ。
mo.u.yo.no.na.ka.ga./ka.wa.tta.no.da.
時代已經變了。

予防
yo.bo.u.
義 預防 ⇨ 名詞

例 句

例 この病気は予防できる。
ko.no.byo.u.ki.wa./yo.bo.u.de.ki.ru.
這種病可以預防。

166 **track** 跨頁共同導讀

余裕
よゆう
yo.yu.u.
義 充裕、從容、富裕 ⇨ 名詞

例 句

例 時間の余裕がない。
じかん　よゆう
ji.ka.n.no.yo.yu.u.ga./na.i.
時間並不充裕。

よろしく
yo.ro.shi.ku.
義 請問好、請致意、請關照 ⇨ 副詞

例 句

例 お父様によろしくお伝えください。
とうさま　　　　　　　　　　つた
o.to.u.sa.ma.ni./yo.ro.shi.ku./o.tsu.ta.e./ku.da.sa.i.
請代我向令尊問好。

例 今後ともどうぞよろしく。
こんご
ko.n.go.to.mo./do.u.zo./yo.ro.shi.ku.
今後也請多指教。

 track 167

ら行

らく
楽
ra.ku.
義 輕鬆、舒適、寬裕　⇨ 名詞、な形

例 句

例 楽な姿勢で座る。
ra.ku.na./shi.se.i.de./su.wa.ru.
用輕鬆的姿勢坐。

例 生活は楽ではない。
se.i.ka.tsu.wa./ra.ku.de.wa.na.i.
生活不寬裕。

りそう
理想
ri.so.u.
義 理想　⇨ 名詞

例 句

例 理想が実現した。
ri.so.u.ga./ji.tsu.ge.n.shi.ta.
理想實現了。

りっぱ
立派
ri.ppa.
義 出色、漂亮、優秀　⇨ な形

167 **track** 跨頁共同導讀

例 句

例 立派な家。
ri.ppa.na.i.e.
漂亮的房子。

例 彼は実に立派な大人だ。
ka.re.wa./ji.tsu.ni./ri.ppa.na.o.to.na.da.
他是出色的大人。

礼儀
re.i.gi.
義 禮儀 ⇨ 名詞

例 句

例 そのような行いは礼儀に反する。
so.no.yo.u.na./o.ko.na.i.wa./re.i.gi.ni./ha.n.su.ru.
這種行為是違反禮儀的。

168 **track**

冷静
re.i.se.i.
義 冷静 ⇨ 名詞、な形

例 句

例 冷静になる。
re.i.se.i.ni.na.ru.
冷靜下來。

<ruby>論<rt>ろん</rt></ruby>じる
ro.n.ji.ru.
🈁論述、闡述、說明 ➡ 動詞

例 句

例 <ruby>彼<rt>かれ</rt></ruby>はその<ruby>問題<rt>もんだい</rt></ruby>について<ruby>論<rt>ろん</rt></ruby>じた。

ka.re.wa./so.no.mo.n.da.i.ni./tsu.i.te./ro.n.ji.ta.

他針對那個問題說明。

168 **track** 跨頁共同導讀

わ行

ワイン
wa.i.n.
義 葡萄酒 ⇨ 名詞

例 句

例 赤ワインが好き。
a.ka.wa.i.n.ga./su.ki.
喜歡紅酒。

わがまま
wa.ga.ma.ma.
義 任性 ⇨ 名詞、な形

例 句

例 わがままを言うんじゃない。
wa.ga.ma.ma.o./i.u.n.ja.na.i.
別再任性了。

169 **track**

別れ
wa.ka.re.
義 離別、分別 ⇨ 名詞

例 句

例 友人に別れを告げた。
yu.u.ji.n.ni./wa.ka.re.o./tsu.ge.ta.
向朋友道別。

文法篇

單字篇

track 跨頁共同導讀 169

わざと
wa.za.to.

義 故意 ⇨ 副詞

例 句

例 わざと嘘をついたのです。
wa.za.to./u.so.o.tsu.i.ta.no.de.su.
是故意說謊的。

わずか
wa.zu.ka.

義 僅僅、稀少、只 ⇨ 名詞、な形

例 句

例 わずかな金でこの家を買った。
wa.zu.ka.na./ka.ne.de./ko.no.i.e.o./ka.tta.
用僅有的錢買下這間房子。

例 それをわずか5000円で買った。
so.re.o./wa.zu.ka./go.se.n.e.n.de./ka.tta.
僅用5000日圓就買到那個了。

悪口
わるくち
wa.ru.ku.chi.

義 壞話 ⇨ 名詞

例 句

例 人の悪口を言う。
hi.to.no./wa.ru.ku.chi.o./i.u.
說別人的壞話。

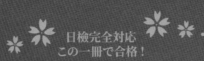

即將出版

永續圖書
線上購物網

www.foreverbooks.com.tw

◆ 加入會員即享活動及會員折扣。

◆ 每月均有優惠活動，期期不同。

◆ 新加入會員三天內訂購書籍不限本數金額，

　即贈送精選書籍一本。（依網站標示為主）

專業圖書發行、書局經銷、圖書出版

永續圖書總代理：

五觀藝術出版社、培育文化、棋茵出版社、大拓文化、讀

品文化、雅典文化、知音人文化、手藝家出版社、璞申文

化、智學堂文化、語言鳥文化

活動期內，永續圖書將保留變更或終止該活動之權利及最終決定權。